Thomas Brezina

Geheimauftrag für dich, Mark Mega und Phantom

Abenteuer-Handbuch

Illustrationen von Werner Heymann
und Ulrich Reindl

SCHNEIDER BUCH

Hallo!

Geheimaufträge habe ich mit meinem Wolf Phantom schon viele erfüllt und dabei jede Menge Abenteuer bestanden.

Bei den Vorbereitungen und in den aufregendsten Gegenden der Erde konnte ich viele wichtige Sachen kennen lernen und erfahren.

In diesem Handbuch von A – Z habe ich die wichtigsten niedergeschrieben.

Viel Spaß beim Lesen und viel Glück bei den 16 Geheimaufträgen, die ihr lösen sollt.

Mark Mega und Phantom

INFO-Card

NAME: Mark Meier-Gagtus

DECKNAME: Mark Mega

GRÖSSE: 1,72 m

GEWICHT: 61 kg

HAARFARBE: dunkelblond

AUGENFARBE: blau

BESONDERE KENNZEICHEN: Bissnarbe am linken Arm, spielt Saxophon.

EIGENSCHAFTEN: ausdauernd, hartnäckig, findet immer einen Ausweg.

SCHWÄCHEN: Anfälle von Faulheit, unterschätzt öfter Gefahren, mitunter leichtsinnig und gierig auf Schokolade.

EINSATZGEBIET: verdeckte Ermittlungen. Wer verdächtigt schon einen Youngster der Spionage?

E-MAIL-ADRESSE:
markmega @ schneiderbuch.de

INFO-Card

NAME: George Gagtus

DECKNAME: GGG

GRÖSSE: 1,89 m

GEWICHT: um 28 kg zu viel, sagt sein Arzt

HAARFARBE: weiß

AUGENFARBE: grün

BESONDERE KENNZEICHEN: hat immer ein Schreibgerät hinter dem Ohr.

EIGENSCHAFTEN: sehr neugierig, denkt logisch, kann gut kombinieren und ist ein richtiger Sir.

SCHWÄCHEN: ungeduldig, ruhelos, explodiert leicht, stur.

INFO-Card

NAME: Wolf

DECKNAME: Phantom

GRÖSSE: 76 cm Schulterhöhe

GEWICHT: 42 kg

HAARFARBE: im Sommer ocker bis schwarz, im Winter heller.

AUGENFARBE: kupferrot

BESONDERE KENNZEICHEN: zwei weiße Streifen an der rechten Vorderpfote.

EIGENSCHAFTEN: freiheitsliebend, erkennt Geräusche aus 10 km Entfernung, kann um ein Tausendfaches besser riechen als ein Mensch, erreicht eine Spitzengeschwindigkeit von 52 km/h.

SCHWÄCHEN: manchmal sehr verspielt, jagt von Zeit zu Zeit, geht Gefahren erst mal aus dem Weg.

Und das solltest du wissen:

Auf jede **Action-Frage** gibt es 3 Antworten. Aber nicht alle sind richtig. Triff also deine Wahl und …

… nimm dann die **Top-Secret-Card.** Rubble mit dem Finger so lange über das Feld, für das du dich entschieden hast, bis die schwarze Fläche durchsichtig wird und die Lösung erscheint. Das Feld wird dann von selbst wieder schwarz.

grüne Zahl = richtig (+1 bis +3 Punkte)
blaue Zahl = möglich (0 Punkte)
rote Zahl = falsch (–1 bis –3 Punkte)

Mit Hilfe der **Power-Card** auf den Seiten 214 und 215 kannst du feststellen, wie professionell du den Geheimauftrag gelöst hast. Befestige dazu eine Büroklammer am rechten Seitenrand.
Bekommst du für eine Action-Frage zum Beispiel +3 Punkte, dann rücke die Büroklammer 3 Felder nach oben. Bekommst du für die nächste Action-Frage –2 Punkte, dann musst du die Büroklammer wieder 2 Punkte zurückschieben. Du hast den Geheimauftrag erfüllt, wenn du am Ende der Geschichte im positiven Bereich bist.

Abenteuer-Test

Ein spannender Test, der dir verrät, wie fit du schon für Abenteuer bist.

Wichtige Abenteuerregeln

1. Iss niemals eine Pflanze, die du nicht ganz genau kennst.

2. Du brauchst immer Wasser. Der Mensch kann drei Wochen ohne Nahrung auskommen, aber nur drei Tage ohne Wasser.

3. Gerätst du in eine unerwartete Situation, bewahre die Ruhe. Das ist das Wichtigste.

4. Steig niemals in Wasser, das nicht absolut ungefährlich ist. Vor allem im warmen Wasser lauern viele Gefahren, nicht nur große Tiere, sondern auch winzige Würmer.

5. Je besser du für eine Wanderung, eine Reise, ein Abenteuer ausgerüstet und vorbereitet bist, desto leichter tust du dich.

6. Gerate nicht gleich in Panik. Denn sonst läufst du Gefahr, Fehlentscheidungen zu treffen.

7. Überlege dir jeden Schritt gut.

8. Vor Wanderungen immer eine Nachricht hinterlassen, wohin du gehst und wann du zurückkommst.

9. Halte dich fit. Wer körperlich fit ist, besteht Abenteuer besser.

10. Mache von allen deinen Erlebnissen und Abenteuern Aufzeichnungen.

Sicherheit kommt an erster Stelle!

Begib dich niemals in eine Situation, die dir gefährlich erscheint. Mut hat nichts mit Waghalsigkeit zu tun.

Viele Abenteuer sind nur etwas für Profis. Ohne Begleitung, die richtige Ausrüstung und Vorbereitung kann aus einem Abenteuer schnell ein Alptraum werden. Sich darauf einzulassen ist verrückt!

Hör auf den Rat von Leuten, die sich gut auskennen. Schlag nicht in den Wind, was dir gesagt wird.

Notzeichen und Überlebenstipps sind wirklich nur für Notfälle. Daher niemals zum Spaß anwenden.

Noch ein Tipp:

Mach unbedingt einen Erste-Hilfe-Kurs. Dieses Wissen kann im wahrsten Sinne des Wortes Leben retten.

Angst riechen

Trapper, die plötzlich einem großen Tier gegenüberstanden, verrieten sich manchmal durch ihren Geruch. Der Schock hatte einen bestimmten Duftstoff freigesetzt (einige hatten sich auch in die Hosen gemacht).

Deshalb Ruhe bewahren, wenn du unerwartet auf ein großes Tier triffst. Bleib stocksteif stehen und rede beruhigend auf das Tier ein. Dann langsam zur Seite weggehen. Meistens verstellst du dem Tier nämlich den Weg.

Barrakuda oder Pfeilhecht

Er wird bis zu 1,50 Meter lang und 100 Kilogramm schwer. Genannt wird er oft „Räuber der Hochsee“, doch man kann ihn auch in Küstennähe finden.

Menschen fällt er nur aus Versehen an. Im klaren Wasser wird er einen Schwimmer höchstens mustern. Im trüben Wasser allerdings ist die Gefahr groß, dass er zubeißt. Er hält den Menschen für einen Beutefisch. Glitzernde Dinge tragen zu dieser Verwechslung noch bei. Sie können den Barrakuda an Fischschuppen erinnern.

Beeren

Nach einer langen Wanderung ohne Essen und Wasser kann ein Strauch mit Beeren verlockend sein. Doch Beeren können auch giftig und ungenießbar sein.

Siehst du Vögel, die Beeren fressen, so ist das **kein** klarer Hinweis, dass die Beeren ungiftig sind. Deshalb nie Beeren essen, die du nicht genau kennst.

Blutegel

Kommt man aus dem Wasser, können sich diese meist bräunlichen, wurmähnlichen Tiere an einem festgesaugt haben. Nicht abreißen! Mit Insektenmittel oder Glut berühren, dann lassen sie los und fallen ab.

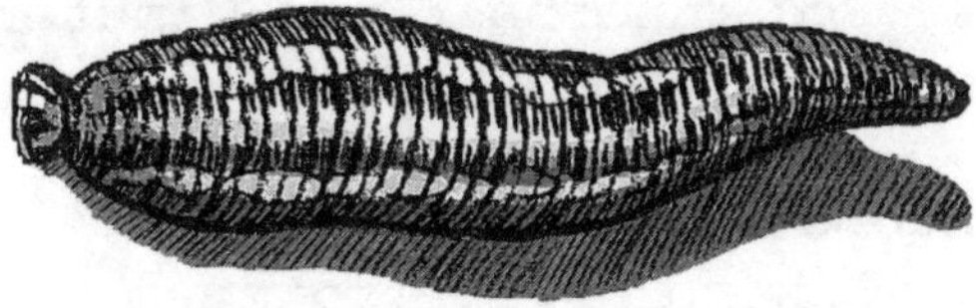

Dschungel

Die gute Nachricht: Im Dschungel sind Durst und Kälte unbekannt.

Die schlechte Nachricht: Dafür ist die Luft so feucht wie im Badezimmer, wenn du ein heißes Bad einlaufen lässt. Es ist immer heiß im Dschungel, auch in der Nacht.

Aus meinem Dschungel-Tagebuch

10. Oktober
Unglaublich! Hier im Dschungel gibt es keine Dämmerung und kein Morgengrauen. Es wird innerhalb von Minuten taghell oder stockfinster.

11. Oktober
Es ist glühend heiß. Trotzdem habe ich kaum Durst. Daran muss die hohe Luftfeuchtigkeit schuld sein.

12. Oktober
Angst habe ich hier nicht vor Schlangen oder Raubkatzen, sondern nur vor Insekten. Im Dschungel wimmelt es von Mücken, Ameisen, Termiten, Wespen und Spinnen.
Schlafen ist nur in der Hängematte möglich. Die Baumstämme, an denen wir unsere Matten befestigt haben, streichen wir mit klebrigem Zeug ein, damit keine Insekten raufkrabbeln können. Zusätzlich muss ich mich noch in Moskitonetze wickeln, doch die Biester stechen durch sie hindurch.

13. Oktober
Trick gegen Insekten: ein kleines qualmendes Feuer unter der Hängematte.

14. Oktober
Habe neues Mittel gegen lästige Blutsauger kennen gelernt. Den Körper mit Asche und/oder Matsch einreiben. Das hilft fast so gut wie diese neuen, elektronischen Störsender, die Töne von sich geben, die Insekten vertreiben.

Dschungel

16. Oktober

Alarm. Verfolger. Es sind bestimmt Leute von Doktor E.X., einem Ganoven übelster Sorte.

Wir sind in die Bäume geflüchtet und haben es sogar geschafft mehrere Meter über dem Boden auf den Ästen voranzukommen. Die Verfolger haben unsere Spur verloren und gaben schließlich auf.

Ein Trick, um Verfolger im Dschungel abzuschütteln:

Man geht rückwärts und deckt seine eigenen Spuren gut ab. Selbstverständlich müssen auch alle Spuren eines Lagers beseitigt werden.

Feuer wird jetzt nur dann angezündet, wenn der Rauch senkrecht aufsteigt. Denn kriechender Rauch ist weithin zu riechen und würde uns verraten.

In meiner Emergencytasche

- Eine Kordel, an der ich Folgendes befestigt habe:
  einen Kompass, eine Pfeife, eine Uhr und ein Messer. (Manchmal auch einen Beutel mit Geld und Pass.) Ich trage diese Sachen um den Hals, damit ich sie bestimmt nicht verliere.
- Eine Wasserflasche habe ich immer dabei. Sie ist mit einer Schlaufe am Gürtel befestigt.
- Insektenschutzmittel, mit dem ich mich regelmäßig einreibe.
  Achtung, nicht die Stirn einreiben, sonst rinnt das Zeug mit dem Schweiß in die Augen und brennt.
- Schweißbänder wie sie Tennisspieler benützen. Ich tränke sie mit Insektenschutzmittel und streife sie über. Ein ausgezeichneter Schutz.

Die Box des Dschungel-Experten:

Zur Sicherheit habe ich auch eine kleine Metallbox für Notfälle bei mir, eine Art **Mini-Emergencybox**. Ein Dschungelexperte hat sie für mich zusammengestellt:

- Sicherheitsnadeln für die Kleidung, das Zelt oder den Schlafsack
- Eine Anglerleine, um Fische zu fangen und Dinge festzubinden
- Angelhaken, um Fische zu fangen
- Ein Kompass in Knopfgröße, der am besten noch beleuchtet ist
- Wasserfeste Streichhölzer
- Eine Kerze, um Feuer zu machen
- Eine Reflektorscheibe mit einem Loch in der Mitte (man kann auch die polierte Oberfläche einer Dose nehmen – so erregt man Aufmerksamkeit). Wenn du durch das Loch

siehst, kannst du gezielt die Sonne auf das Blech scheinen lassen und den Lichtstrahl auf ein Flugzeug richten.

- Nadeln, Zwirn und Knöpfe
- Vergrößerungsglas zum Feuermachen
- Salz (Man muss ständig seinen Salzhaushalt erneuern, da man durch Schwitzen Salz verliert.)
- Potassium Permanganate (Damit kann man Wasser reinigen.)
- Einen starken Plastiksack (Damit kannst du Wasser aus einem Fluss holen oder Wasser aus der Umgebung auffangen.)
- Eine Drahtsäge, mit der du viele Dinge schneiden kannst
- Einen Bleistift
- Pflaster
- Tabletten zum Sterilisieren von Wasser

Kleidung für die Dschungel-Expedition

Hemd und Hose müssen leicht, luftig, aber trotzdem widerstandsfähig sein.

Das Hemd sollte lange Ärmel haben und aus Baumwolle sein, wenn möglich mit einem Kragen, um den Nacken zu schützen. In der Dämmerung beißen die Moskitos besonders häufig. Ich ziehe mir deshalb ein Moskitonetz über den Kopf.

Ein Hut mit breiter Krempe schützt vor herabfallenden Insekten und vor Ästen, die einem entgegenschnellen.

Hosenbeine und Hemdsärmel mit elastischem Band zuschnüren, damit keine Insekten reinfliegen können.

Die Klamotten sind ständig feucht vom Schweiß und vor allem von der hohen Luftfeuchtigkeit. Oft durchwaschen, sonst fangen sie zu faulen an.

Abends einen leichten Pulli überziehen.

Dschungel

Trockene Klamotten für die Nacht sind besonders wichtig. Am besten in einem luftdichten Behälter aufbewahren.

Schuhe sollten starke Sohlen haben und aus einem Material sein, das schnell trocknet.

Der Trick mit den Dornen

Wenn ich in Dornenranken hängen bleibe, ziehe und reiße ich nicht. Ich gehe langsam rückwärts. Das ist die beste Methode sich zu befreien.

Nichts liegen lassen

Im Dschungel nichts auf den Boden legen. Alle Sachen verschwinden schnell in der Laubschicht. Alter Trick: Alle Sachen an einer Schnur aufhängen. Entweder an einem Ast oder an einem eingeschlagenen Nagel.

Zur Sicherheit wichtige Sachen mit Bändern in Signalfarben versehen. So können sie leichter wieder gefunden werden.

Geheimauftrag für dich

Phantom wittert Gefahr. Er zieht mich zurück, als ich in dem kleinen Boot den Fluss überqueren will. Es müssen sich noch andere Tiere in der Nähe befinden. Als ich trotzdem lospaddele, höre ich neben mir ein Plätschern und erschrecke.

1. Action-Frage

Welche Tiere sind oft in der Nähe von Flusspferden zu finden?

A Fische, die Fleisch fressen.

B Krokodile.

C Wasserschlangen.

Geheimauftrag Unternehmen „Donnerdrache“

Dschungel, Indien

Mittwoch, 13. Oktober, Nachmittag

Bin unterwegs zum geheimnisvollen Tempel des Donnerdrachen. Der Sir hat mir den Geheimauftrag erteilt herauszufinden, was in diesem Tempel vor sich geht.

Die Hitze und die Feuchtigkeit im Dschungel sind kaum erträglich. Nur mühsam kommen Phantom und ich voran.

Plötzlich raschelt es im Dickicht. Wir scheinen einem Tiger in die Quere gekommen zu sein.

2. Action-Frage

Was muss ich tun, um nicht angegriffen zu werden?

- **A** Rennen. Im Dschungel sind Tiger nicht so schnell.
- **B** Auf einen Baum klettern, Tiger können nicht nach.
- **C** Starr stehen bleiben. Tiger nehmen vor allem Bewegung wahr.

Dorf, dessen Name nicht verraten werden darf, Indien

Donnerstag, 14. Oktober

Das letzte Stück zum Tempel des Donnerdrachen muss ich auf einem Elefanten reiten. Ich habe mich getarnt und will nicht als Fremder erkannt werden. Aber ich bin noch nie auf einem Elefanten geritten.

3. Action-Frage

Was soll ich jetzt tun?

A Auf dem Elefanten liegen und mich mit Armen und Beinen festklammern.

B Im Nacken sitzen und mich an den Ohren festhalten.

C Weit hinten sitzen und am Schwanz festhalten.

Tempel des Donner-drachen, Indien

Donnerstag, 14. Oktober, Nachmittag

Endlich erreiche ich den Tempel des Donnerdrachen. In seinem Inneren soll etwas Gefährliches versteckt sein. Vermutet wird eine neue Waffe, aber es können auch Viren sein, die schwere Krankheiten auslösen.

Das Drachentor sieht richtig alt aus, ist aber elektronisch gesichert.

Nur wer den richtigen Code kennt, gelangt heil durch das Tor. Der Anfang der Kombination lautet: 7 – 19 – 31 – 43 – ???

4. Action-Frage

Wie lautet die letzte Zahl?

A 51

B 55

C 63

Tempel des Donnerdrachen, Indien

Donnerstag, 14. Oktober, Nachmittag

Endlich können Phantom und ich den Tempel des Donnerdrachen betreten. Mein Wolf hält mich zurück. Er scheint Gefahr zu wittern. Zwischen den Ungeheuern aus Stein versteckt sich ein echtes, gefährliches Tier.

5. Action-Frage

Um welches gefährliche Tier handelt es sich?

A Um eine Kobra.

B Um eine Vogelspinne.

C Um einen Skorpion.

Tempel des Donnerdrachen, Indien

Donnerstag, 14. Oktober, Abend

Endlich gelingt es uns in das Innere des Tempels vorzudringen. Es handelt sich natürlich nicht um einen Tempel, sondern um eine getarnte Raketenbasis. An Bord der Rakete befindet sich ein höchst gefährliches Gift. Der

Start ist in 30 Sekunden. Der Notstopp befindet sich hinter einer Klappe aus Titan an der Rakete – das habe ich per Satellitenfunk soeben erfahren.

6. Action-Frage

Was ist Titan?

A Ein spezielles Metall.

B Ein spezielles Plastik.

C Ein spezielles Glas.

Tempel des Donnerdrachen, Indien

Donnerstag, 14. Oktober, 22.00 Uhr

Es ist mir gelungen die Rakete zu entschärfen und das Gift unschädlich zu machen. Als wir den Tempel des Donnerdrachen verlassen, beginnt die Erde zu beben. Wir müssen blitzschnell überlegen, wo wir hinrennen sollen.

7. Action-Frage

Wo sind die beiden am sichersten?

A In einer nahen Höhle.

B Unter den Bäumen des Dschungels.

C Am Ufer des nahen Sees.

Entfernungen schätzen

Ein paar Tipps, wie du Entfernungen schätzen kannst:

Sind die Augen einer Person nur noch Schlitze, dann ist sie ungefähr 150 Meter entfernt.

Du erkennst einzelne Dachziegeln gerade noch, aber sie verschwimmen schon zu einer Fläche: Das sind etwa 250 Meter.

Du kannst Fensterkreuze gerade noch erkennen. Die Entfernung beträgt ungefähr 350 Meter.

Du erkennst einen Menschen und kannst feststellen, ob er sich bewegt oder nicht. Die Entfernung beträgt ungefähr 850 Meter.

In einem Kilometer Entfernung erkennst du gerade noch Telegrafenmasten.

Farbbeutel

Auf einer Verfolgungsjagd hatte ich mich in ein kleines Rettungsboot flüchten können und trieb damit auf dem offenen Meer. Phantom war bei mir.

Mehrere Male flog ein Flugzeug über uns hinweg. Ich winkte und brüllte, aber der Pilot hat mich nicht gesehen.

Auf der Suche nach Wasser bin ich dann auf Beutel gestoßen, die ein Farbpulver enthielten. Zuerst dachte ich, sie wären vom letzten Anstrich übrig geblieben. Dann aber fand ich eine Anleitung.

Toller Trick: Das Farbpulver wird auf das Wasser geschüttet. Es breitet sich schnell aus und bildet einen riesigen Farbfleck. Es handelt sich um Signalfarbe, die aus der Luft deutlich sichtbar ist. Das nächste Flugzeug hat uns dann auch gleich bemerkt.

Geldbeutel

Viele tragen Brustbeutel an einer Schnur um den Hals. Mir ist mein Brustbeutel zweimal gestohlen worden. Die Schnur wurde durchgeschnitten und der Beutel weggerissen.

Ich habe heute einen Beutel, der über den Gürtel gezogen und dann nach innen geklappt wird. Noch besser ist ein Gürtel, der innen hohl ist. An der Innenseite befindet sich ein Reißverschluss.

Manche Abenteurer benutzen auch Wadentaschen, die um die Wade geschnallt werden.

Gewitter

Während du das liest, gehen auf der Erde gerade ungefähr 1800 Gewitter nieder. Dabei blitzt es jede Minute etwa 6000 Mal. In einem Jahr toben auf der Erde 16 Millionen Gewitter.

Woran erkennst du, ob ein Unwetter kommt, auch wenn noch keine dunklen Wolken oder andere Anzeichen zu sehen sind?

- Kühler Wind erhebt sich. Meistens kommt er in starken, unerwarteten Böen.

- Die Blätter der Bäume rascheln anders als sonst. Das Rascheln klingt höher, als wäre das Laub trocken.

- Ein Gewitter ist nahe, wenn die Hähne zu ungewohnter Stunde krähen und die Enten schnattern und mit den Flügeln auf das Wasser schlagen.

- Starkes Funkeln der Sterne in der Nacht kündigt meistens das Nahen eines Unwetters an.

- Beobachte Spinnen: Ist ein Gewitter im Anzug, so kürzt die Spinne die Fäden, an denen das Netz aufgehängt ist. Sie selbst bleibt dann regungslos sitzen.
- Wetterumschwung und vor allem schlechteres Wetter kündigen sich an, wenn die Schwalben tief fliegen.

Wie weit ist das Gewitter entfernt?

Bemerkst du die ersten Blitze, kannst du errechnen, wie weit das Gewitter entfernt ist.

Nach dem Blitz zähle die Sekunden, bis der Donner kommt.

Beispiel: Blitz – eins, zwei, drei ... neun – Donner!

Teile neun durch drei und du erhältst die Anzahl der Kilometer, die das Gewitter noch entfernt ist. In diesem Fall also drei Kilometer.

Unsichere Plätze bei einem Gewitter

- Einzelne hohe Bäume, Türme, Fahnenstangen, Hochspannungs- und Telegrafenmasten ziehen den Blitz wie ein Magnet an.

- Feld, Wiese oder Wasser. Bist du der höchste Punkt auf einer freien Fläche, dann ziehst du den Blitz an. Er sucht immer den kürzesten Weg zur Erde.
- Hohe Felsen oder Gebirgskämme.
- Am Fuß von Steilwänden, unter Felsvorsprüngen oder in Felsspalten. Der Blitz kann auf die Felskante treffen und sich in einem Lichtbogen zum Boden fortbewegen. Es ist lebensgefährlich, in dieses Spannungsfeld zu geraten.
- Eichen, Pappeln oder Ulmen. Die Stämme dieser Bäume sind voll mit Wasser. Der Blitz bringt es in Bruchteilen von Sekunden zum Kochen. Die Folge ist, dass der Baumstamm explodiert.
- Höhleneingänge oder Tunneleinfahrten. Diese Eingänge ziehen den Blitz ebenfalls an. Schuld ist die elektrische Ladung der Luft in diesem Bereich.
- In einem Zelt, wenn es auf einer Wiese aufgebaut ist. Die Zeltstangen können wie Blitzableiter wirken.

Sichere Plätze bei einem Gewitter

- Jedes Haus mit einem Blitzableiter.
- Ein dichter Wald, in dem alle Bäume ungefähr gleich hoch sind. Das Risiko, dass ein Blitz in einen Baum einschlägt, ist winzig. Auf jeden Fall bist du dort sicherer als auf einer freien Fläche, wo du der höchste Punkt bist.
- In einem Auto. Das Blech wirkt wie ein Faradaykäfig, den der Blitz nicht durchdringen kann. Metall und Nässe leiten ihn in den Boden ab.

Gewitter in den Bergen

Der Sir hat bei der Verfolgung eines Agenten einmal ein sehr starkes Gewitter auf einem hohen Berg erlebt. Ihm sind plötzlich die Haare zu Berge gestanden (damals hatte er noch mehr). Über den Boden sprühten blaue Funken und im Gesicht, vor allem in den Augenbrauen, hat er ein starkes Kribbeln gespürt.

Schuld daran war die Spannung in der Luft.

Die Blitze hatten die Haare elektrisch aufgeladen.

Mein Großvater hat sich auf den Zehenspitzen wippend hingehockt und gewartet, bis das Gewitter weitergezogen ist.

Ein Unterschlupf

Er kann schnell errichtet werden. Du benötigst dazu nur Äste, Farnwedel und große Blätter.

Lege die Äste auf den Boden und versuche sie zu einem Gitter zu verbinden. Lege nun große Blätter, Zweige von Nadelbäumen, Farnwedel und Moos darauf. Gut aufgeschichtet ergibt das ein Dach, das den Regen abhält.

Falls dich der Regen überrascht, genügen auch einige schräg an einen Felsen oder Baum gelehnte Äste. Wenn du deine Regenjacke dabeihast, dann leg sie als Dach darüber.

Was kannst du tun, damit dir nicht so schnell kalt wird?

- Beim kleinsten Anzeichen, dass dir kalt wird, zieh dich wärmer an. Nicht warten, bis du schlotterst.

- Setz dich niemals auf kalte Flächen. Verwende eine Jacke oder einen Rucksack als Sitzkissen.

- Schütze dich vor Wind und trage eine Kappe oder Mütze. Die meiste Wärme verliert der Körper über den Kopf.

- Geh so, dass dir der Wind nicht ins Gesicht bläst.

- Und wenn du doch zu frieren beginnst, mach Bewegungen. Spring auf und ab, schlag mit den Armen um dich und schneide Grimassen. Das ist wichtig für die Durchblutung des Gesichtes.

Grade beim Bergsteigen

Auf Kletterkarten und bei Bergen und Felswänden wird oft der Schwierigkeitsgrad angegeben.

1. Grad (leicht):
Der Fels bietet genügend Halt für Hände und Füße.

2. Grad (mittelschwer):
Der Fels bietet nicht besonders viel Halt.

3. Grad (schwierig):
Der Fels bietet nur geringen Halt und die Felswand ist sehr steil.

4. Grad (sehr schwierig)
Der Fels bietet nur geringen Halt.

5. Grad (äußerst schwierig):
Sehr steile, flache Wand, die man aber noch ohne Hilfsmittel besteigen kann.

6. Grad (extrem schwierig):
Fast senkrechte Wand, die nur mit Hilfsmitteln (Seil, Haken usw.) zu besteigen ist.

Grünes Blut

Ich habe es selbst gesehen. In ungefähr drei Meter Wassertiefe ist Blut nicht mehr rot, sondern erscheint grün. Mit jedem Meter tiefer wirkt es dann dunkler, schließlich sogar schwarz.

Haihaut

Ein Haiexperte hat mich vor allem vor der Haut des Hais gewarnt. Sie ist rau wie Sandpapier und kann Abschürfungen verursachen.

Himmelsrichtungen feststellen

Wo ist Süden? Wo ist Osten? Wo ist Norden? Wo ist Westen?

Die Sonne geht überall auf der Erde im **Osten** auf und im **Westen** unter. Zu Mittag steht sie im **Süden**.

Auch ohne Kompass und ohne Sonne kann man die Himmelsrichtungen feststellen.

Hier ein paar Tricks:

Der Trick mit der Nadel

Mach eine Nadel magnetisch.

Dazu reibe mit einem Magneten immer wieder vom Öhr zur Spitze. Aber wohlgemerkt: nur in diese Richtung. Falls du keinen Magneten zur Hand hast, kannst du auch ein Stück echte Seide verwenden.

Binde die Nadel nun an einen dünnen Faden, sodass sie waagerecht hängt. Die Spitze zeigt dann nach Norden.

Du kannst die Nadel aber auch auf die Oberfläche einer Pfütze legen. Nimm ein Stück

Papier, lege die Nadel drauf und dann das Papier samt Nadel auf die Wasseroberfläche. Wenn das Papier gesunken ist, bewegt sich die Nadel frei.

Der Trick mit dem Vollmond

Beobachte den Vollmond. Er wandert auf derselben Bahn wie die Sonne. Er geht im Osten auf und im Westen unter.

Der Trick mit dem Schatten

Steck einen Stab in den Boden. Lege einen Stein auf die Spitze des Schattens. Warte eine halbe Stunde und markiere dann wieder die Schattenspitze mit einem Stein. Die Linie von Stein zu Stein zeigt nach Osten und Westen.

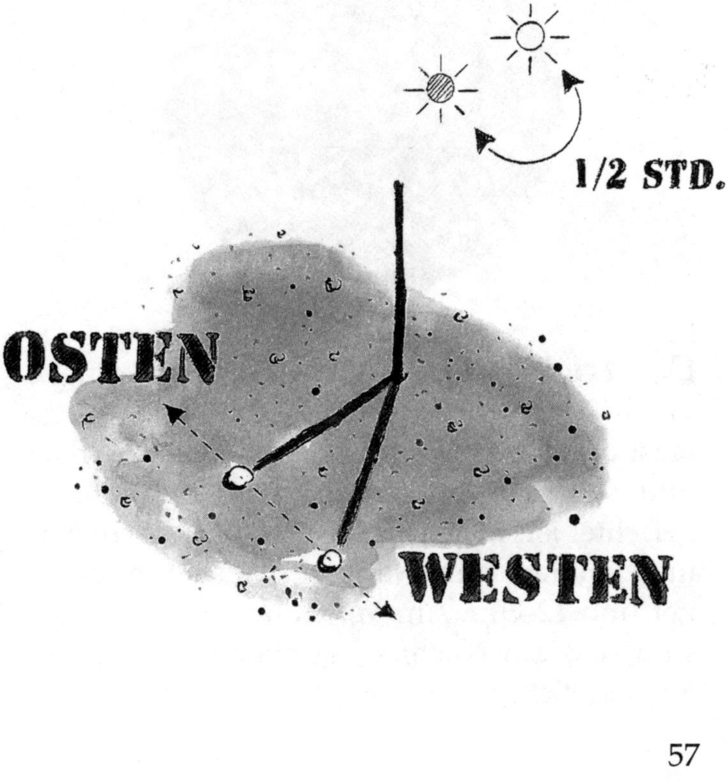

Der Trick mit dem Polarstern

Du findest ihn oberhalb des Sternbilds des Großen Bären. Verlängere die hintere Achse viermal, dann bist du beim Polarstern – Richtung Norden.

Der Trick mit der Armbanduhr

Hast du eine Uhr mit Zeigern? Halte sie flach und so, dass der Stundenzeiger zur Sonne gerichtet ist. Lege einen Grashalm auf die Uhr und halbiere den Weg zwischen Stundenzeiger und 12 Uhr. Am Vormittag im Uhrzeigersinn und am Nachmittag gegen den Uhrzeigersinn. Schon weißt du, wo Süden ist.

Der Trick mit den Bäumen

In unseren Breiten kommen Wind und Wetter vor allem aus dem Westen. Deshalb sind Baumstämme hauptsächlich auf der Westseite bemoost. Kleine Bäume neigen sich Richtung Osten, gebogen vom Westwind. Bei frei stehenden Büschen ist es auch so. Diese Orientierungsmöglichkeit ist zur Not gut zu gebrauchen.

Hornissen

Es war im Dschungel. Phantom drückte sich ängstlich an mich und ich stolperte über ihn. Dabei stieß ich gegen einen Baum und hörte gleich darauf ein wütendes Surren.

Hornissen!

Ich habe Juan, der mich geführt hat, gefragt, was jetzt zu tun ist. Seine klare und einfache Antwort: „Renn so schnell du kannst! Aber verlier nichts, du findest es nie wieder!“

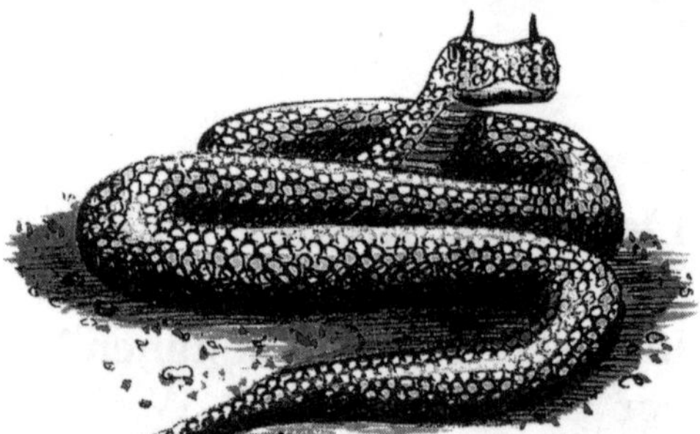

Hornviper

Lebt in der Wüste, wird nur ungefähr 60 Zentimeter lang und wirkt ziemlich plump. Ihr Kopf ist dreieckig. Über den Augen stehen zwei kleine Hörner. Im Sand eingegraben lauert sie der Beute auf. Äußerst giftig!

Insekten essen

In vielen Ländern der Erde stehen Insekten auf dem Speisezettel. Auch bei uns gab es vor hundert Jahren noch die Maikäfersuppe.

Ich habe mich umgehört und Folgendes über Insekten erfahren: Die Larven von Faltern sollen wie Maden schmecken.

Heuschrecken – geröstet – haben angeblich den Geschmack von Krabben.

Über Ravioli, die mit Wasserkäfern gefüllt waren, sagte der Sir, sie hätten wie Haarshampoo geschmeckt.

Geheimauftrag für dich

In Südamerika wurden mir geröstete und gesalzene Heuschrecken angeboten. Ich befürchtete, dass es sich um eine Falle von feindlichen Agenten handelte. Jemand wollte mich testen.

8. Action-Frage

Werden tatsächlich Heuschrecken gegessen?

A Ja, in vielen Ländern sogar.

B Nein, das ist Unsinn.

C Ja, aber nur gekocht.

Kälte

Einige meiner Geheimaufträge haben mich in die kältesten Gegenden der Erde geführt. Dabei habe ich gelernt, wie man dort in Notsituationen überlebt.

Kälte ist gefährlich

Ein paar Beispiele:

Minus 40 Grad Celsius sind in Alaska keine Seltenheit. Fasst du bei dieser Temperatur einen Gegenstand aus Metall mit der bloßen Hand an, so bleibst du daran kleben.

Fährst du bei dieser Temperatur mit dem Hundeschlitten, entsteht durch den Fahrtwind eine Temperatur von minus 100 Grad an deinem Gesichtsschutz.

Geheimauftrag für dich,
Mark Mega und Phantom
A B C
1
2
3
4
5
6
A B C
7
8
9
10
11
12
A B C
13
14
15
16
SCHNEIDER BUCH
Top-Secret-Card

SCHNEIDER BUCH

Top-Secret-Card

Rubble mit dem Finger so lange über das Feld, für das du dich entschieden hast (nicht kratzen, sonst löst sich die Beschichtung), bis die schwarze Fläche durchsichtig wird und die Lösung erscheint. Das Feld wird dann von selbst wieder schwarz und du kannst von neuem zu rubbeln beginnen.

(grüne Zahl) = **richtig (+1 bis +3 Punkte)**

(blaue Zahl) = **möglich (0 Punkte)**

(rote Zahl) = **falsch (–1 bis –3 Punkte)**

Wird deine Kleidung feucht und speichert sie die Feuchtigkeit, kühlt dein Körper 220-mal schneller aus.

Kälte kann schneidend kalt sein. Ich habe von Trappern gehört, die sich vor Kälte krümmten und sich dann nicht mehr aufrichten konnten.

Kälte brennt wie Feuer im Gesicht, wenn dieses nicht gut geschützt ist.

Kälte verursacht Erfrierungen. Wird eine Stelle deines Körpers zu kalt, dann wird sie schlecht durchblutet.

Der Körper will auf diese Weise verhindern, dass das kalte Blut zum Herzen kommt.

Deshalb stirbt eine schlecht durchblutete Stelle ab.

Kälte aber macht vor allem Angst und Angst lähmt die Gedanken.

So schütze ich mich gegen Kälte:

Das Wichtigste ist die richtige Kleidung.

Grundregeln:

- Viele dünne Schichten sind besser als zwei oder drei dicke.
- Wolle ist Baumwolle vorzuziehen. Wolle hält auch im nassen Zustand warm.
- Halte deine Kleidung trocken. Wird etwas nass, dann unbedingt schnell wechseln. Besser kurz nackt in eisiger Kälte, als die feuchte Kleidung am Körper lassen.
- Trage immer Fäustlinge und eine warme Kopfbedeckung. Ein Drittel der Körperwärme geht durch den Kopf verloren. Wer seine Handschuhe in Polarregionen verliert, der hat mit dem Leben abgeschlossen.
- Schütze dich gegen den Wind. Über sämtliche Klamotten immer eine gute, winddichte Jacke ziehen.

Spezialkleidung für die kältesten Gegenden der Erde

Die Ausrüstung, in der ich mich bei extremer Kälte wohl fühlte:

- **Unterwäsche** aus Polarfleece oder Arcticfleece.
  Dieser eigenartige Stoff ist für extreme Kälte entwickelt worden. Der Schweiß wird nicht gehalten, sondern nach außen abgegeben.
- Auch mein **Hemd** war aus dem gleichen Material.
- Darüber habe ich meistens zwei dünne **Pullover** angezogen. Material: Wolle.
- Es folgte eine **wattierte Weste** und eine gut gefütterte **Jacke**. Zum Abschluss noch eine **Windjacke**, die wirklich windundurchlässig sein muss.
- Die **Kopfbedeckung** ist wie schon erwähnt sehr wichtig. In arktischen Regionen und

rund um die Pole trägt man einen Schlauch, in dem nur Löcher für die Augen sind. Darüber kommt eine dicke Mütze, die auf jeden Fall die Ohren schützen muss. An meiner Jacke hatte ich noch eine Kapuze mit einem Pelzrand. (Ich mag Pelz sonst nicht, aber in diesem Fall war er mir wirklich nützlich.)

– Ich habe auch immer zwei Paar **Handschuhe** übereinander getragen. Ein ganz dünnes Paar und ein dickeres.

– Die **Schuhe** sind dick und fest, aber gleichzeitig weich und warm. Sie halten die Luft am Körper und bilden Luftkissen, die gut isolieren.

TOP WICHTIG!

Ja keine Reißverschlüsse! Bei Temperaturen unter minus 50 Grad Celsius lassen sie sich nicht mehr schließen.

Wenn du in den Schuhen schwitzt, hast du am Abend Eisklumpen darin. Unbedingt am Feuer auftauen. Vergisst du es, schütte am Morgen heißes Wasser hinein. Niemals in die gefrorenen Schuhe schlüpfen.

Als ich meine Schuhe einmal verloren habe, hat mir ein Polarforscher einen Ersatz aus Papiersäcken gemacht. Für eine kurze Strecke ging das. Zur Not kann man Strümpfe als Behelfsfäustlinge nehmen.

Wichtig ist aber auch Nahrung

Wenn du Hunger bekommst, frierst du leichter. Dagegen hilft essen.

Als Soforthilfe kann ich Schokolade, Nüsse und Müsliriegel sehr empfehlen.

Auch in Eiswüsten kann man verdursten

Woher Wasser nehmen, wenn man nur von Schnee und Eis umgeben ist? Alle Seen sind dick zugefroren, auch in den Flüssen fließt das Wasser höchstens unter einer Eisschicht.

Die Lösung: Schnee und Eis auftauen.

Du brauchst dazu einen großen Topf und Feuer.

Aus zwanzig Liter Schnee kann man ungefähr fünfzehn Liter Wasser gewinnen. Über dem Feuer dauert der Schmelzvorgang rund 45 Minuten. Bis das Wasser kocht, vergeht eine weitere halbe Stunde.

Übrigens, falls du Eis zum Schmelzen zur Verfügung hast, so ist das noch besser. Es ergibt nämlich mehr Wasser und schmilzt schneller.

Geheimauftrag für dich

Du bist mit Phantom und mir unterwegs in Eis und Schnee. Das Trinkwasser ist ausgegangen und weit und breit keine Hütte. Die Sonne bricht durch die Wolken. Wir können vielleicht die Wärme nützen und Schnee schmelzen.

9. Action-Frage

Wo schmilzt der Schnee am schnellsten?

A Auf einer Rinne aus schwarzer Plastikfolie.

B In einem offenen Alubehälter.

C Auf einem hellen Kunststoffteller.

Vorsicht mit eiskaltem Wasser!

Durch die Kälte des Wassers verschlägt es dir den Atem. Außerdem verkrampfen sich die Muskeln und sind schwer zu kontrollieren. Nach sieben Minuten verliert der Mensch das Bewusstsein.

Wie kann man sich retten?

Erste Regel: Gib niemals auf! Der Sir hat mir beigebracht in so einer Notsituation zu kämpfen. Du musst immer in Bewegung bleiben, auch wenn es schwierig ist. Versuch das Ufer zu erreichen.

Eine schnelle Möglichkeit sich abzutrocknen ist es, sich im Schnee zu wälzen. Denn Schnee saugt ein bisschen Wasser auf. Und anschließend wieder so schnell wie möglich die Klamotten wechseln und einen warmen Platz suchen.

Alarm: Erfrierungen

Fühlt sich die Haut wie Wachs an, ist sie bleich und nicht durchblutet und gefühllos, dann besteht größte Gefahr einer Erfrierung.

Der gefährdete Körperteil muss besser durchblutet werden. Bewege dich so fest wie möglich. Eine erfrorene Stelle langsam wieder erwärmen, aber niemals am Feuer. Sofort und so schnell wie möglich zu einem Arzt!

Wenn die Nasenspitze weiß wird, besteht Gefahr, dass sie abfriert. Vorsichtig massieren, damit sie besser durchblutet wird.

In meiner Emergencytasche

Willst du in Schnee und Eis fotografieren, dann brauchst du die richtige Kamera.

Bei vielen Apparaten aber funktioniert ab minus 20 Grad Celsius der Verschluss nicht mehr. Außerdem fällt die Elektronik aus.

Stecke die Kamera am besten immer unter die Jacke und hole sie nur für Aufnahmen heraus.

Kommst du mit der Kamera aus einem warmen Haus in die Kälte, überziehen sich Kamera und Objektiv sofort mit einer dünnen Eisschicht.

Verlass dich auch nie auf einen Kugelschreiber oder eine Füllfeder.

Bei minus 30 Grad Celsius funktionieren beide meistens nicht mehr. Deshalb habe ich immer einen Bleistift dabei.

Meine Erfahrungen mit Hundeschlitten

Phantom hasst Hundeschlitten, denn er ist eifersüchtig, wenn ich mich um andere Hunde kümmere.

Ich selbst bin schon einige Male mit einem Hundeschlitten gefahren. Es ist nicht gerade einfach und man braucht sehr viel Übung. Übung und Erfahrung.

Als Schlittenhunde werden Sibirische Huskies (wasserblaue Augen; sind sehr schnell auf kurzen Strecken) und Alaska Malamutes (braune Augen und große Ausdauer) eingesetzt. Diese Hunde haben Kraft und Ausdauer, die Kälte kann ihnen nichts anhaben und sie können sogar Pfade aufspüren, die unter dem Schnee verborgen sind.

Auch für Hunde ist Ernährung in der Kälte wichtig. Ein gesunder Schlittenhund frisst deshalb viel und gerne. Heute bekommen Schlittenhunde eine spezielle Renn-Diät. Früher bis zu zwei Kilogramm Seehundfleisch pro Tag. Leicht verwester Lachs schmeckt ihnen angeblich ganz besonders gut.

Oft bekommen Schlittenhunde bei extrem tiefen Temperaturen statt Wasser eine Suppe mit Fisch, Fett und Trockenfutter.

Als ich die Hunde meines Schlittens anschirren wollte, musste ich die Handschuhe ablegen. Ich habe schnell ein Brennen gespürt. Ein Schlittenführer hat mich vor Erfrierungen gewarnt. Die Haut schält sich dann wie nach einer Verbrennung.

Ein anderes Mal habe ich vergessen den Schlitten mit dem Anker zu fixieren. Die Hunde sind vorzeitig losgerannt und ich musste ihnen nach. Erst nach drei Kilometern konnte ich sie einholen und aufhalten. Ich war danach fix und fertig.

Übrigens, wenn man mit einem Hundeschlitten fährt, dann steht man hinten auf den Kufen.

Was ist ...

... ein Overflow?

Kommt in Alaska im Winter manchmal vor. Das Grundwasser gefriert und dehnt sich aus. Es kommt an die Oberfläche und überzieht sie mit einer Eisschicht.

... ein Kettensägen-Steak?

Wer im Winter Alaskas Fleisch einfach im Freien einfriert, hat ein Problem: Das Auftauen dauert sehr lange und er kann es nur mit einer Motorsäge schneiden.

... ein eingeschneiter Trapper?

Trapper, die vom Schneesturm überrascht wurden, haben manchmal ein Loch gegraben und sich vom Schnee zuwehen lassen. Eine Schneedecke wärmt. Wer einschläft, kann erfrieren.

Geheimauftrag für dich

Ein Eisbär kommt an unser Lager heran.

Angeblich legen die Eisbären die Tatze vor die schwarze Nase, wenn sie sich im Schneesturm ihrer Beute nähern. Die schwarze Nase würde sie sonst verraten.

Eisbären sind neugierig und kommen gerne

in die Nähe von Menschen. Sie sind nicht angriffslustig, aber trotzdem gefährlich.

Ich habe deshalb verschiedene Dinge in meiner Emergencytasche um sie zu vertreiben.

10. Action-Frage

Womit kann ich den Eisbären vertreiben?

A Harte Sachen nach ihm werfen.

B Durch hohe Pfiffe mit der Hundepfeife.

C Mit krachenden Feuerwerkskörpern.

Meine Erlebnisse im Iglu

Ich habe einmal in einem echten Iglu übernachtet, den Profis errichtet hatten. Es war warm im Inneren und ich konnte nicht verstehen, warum.

Hier der Trick:

Die warme Luft muss im Inneren des Iglus bleiben. Das Einschlupfloch wird so gebaut, dass die kalte Luft, die zu Boden sinkt, rausgleitet.

Der Wind wird abgehalten und das Feuer wärmt.

Wichtig sind aber die Löcher in den Wänden, ohne die besteht Erstickungsgefahr.

Einen Iglu selbst bauen

Bei uns ist der Schnee dazu kaum geeignet. Im Norden hat mir ein Trapper diesen Trick gezeigt:

Rucksäcke wurden zu einem großen Berg aufgetürmt. Darüber wurde dann Schnee geschaufelt. Wir haben dazu Schaufeln und Schneeschuhe verwendet.

Der Schnee wurde gut festgedrückt. Und dann hieß es warten, bis der Schnee festfriert und eine stabile Mauer bildet.

Die Mauerstärke muss mindestens einen Meter betragen und der Iglu sollte halbkugelförmig sein.

Von außen werden jetzt Stöcke in den Iglu getrieben. Sie sollen etwa 60 cm lang sein. Du brauchst sie später, wenn du den Iglu weiter aushöhlst.

Stößt du auf eine Stockspitze, weißt du, dass die Wand nicht dünner werden sollte.

Zum Aushöhlen ein Einschlupfloch buddeln und die Rucksäcke rausholen.

Mit einer Schaufel oder einem Topf weiter aushöhlen.

Luftlöcher nicht vergessen!

Zünde in deinem Iglu nie ein Lagerfeuer an. Das ist etwas für Profis, die wissen, wie der Rauch abziehen muss.

Geheimauftrag für dich

Einmal haben wir ein Paket zugeschickt bekommen. Phantom hat versucht mich zu warnen, aber ich habe nicht auf ihn gehört, leider. Ich habe es geöffnet und bin sehr erschrocken. Denn eine Kobra ist herausgeschossen. Ihr Biss ist tödlich!

11. Action-Frage

Was muss man tun, um von einer Kobra nicht angegriffen zu werden?

A In die Hände klatschen.

B Sich langsam hin und her bewegen.

C Die Schlange anpusten.

Kegelschnecken

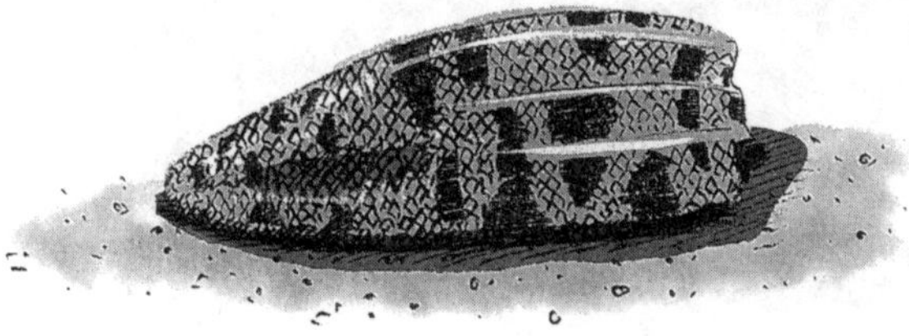

Fern halten würde ich mich auch von Kegelschnecken (ebenso von Schraubenschnecken). Die eine schießt giftige Pfeile ab, die andere sticht!

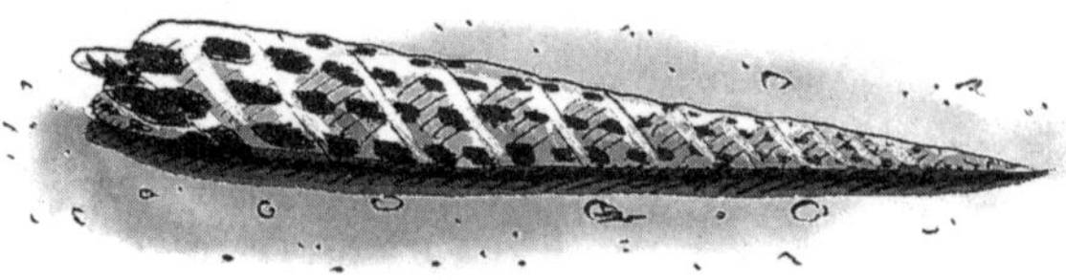

Klapperschlange

Am hinteren Ende ihres Körpers befinden sich Hornringe, die das berühmte Rasseln erzeugen. Klapperschlangen haben einen eher kleinen Kopf und einen dicken, plumpen Körper. Sie können bis zu 2,10 Meter lang werden.

Sind sehr gefährlich und leben vor allem in Südamerika.

Kobra

In Afrika und Indien beheimatet. Das besondere Kennzeichen ist das Halssegel. Fühlt sie sich bedroht, dann bläht sie den Hals. Auf der Rückseite des Halssegels hat sie eine Zeichnung, die an Augen erinnert und Feinde abschrecken soll.

Korallenschlange

Diese Schlangenart sieht wunderschön aus, ist aber höchst gefährlich. Typisch sind die schwarzen und roten Bänder am Körper. Korallenschlangen leben im Süden der USA und in Südamerika.

Kreuzotter

Sie ist die einzige Giftschlange Europas und ist besonders auf der Heide und in Mooren zu finden. Spezielles Kennzeichen: Dunkles Zickzackmuster auf dem Rücken. Ihr Biss ist selten tödlich.

Krokodile

Sie kommen unglaublich leise heran und können blitzschnell zuschnappen. Sie ziehen die Beute meistens sofort ins Wasser. Ist die Beute groß, so hält das Krokodil sie eine Weile im warmen Wasser. Nach drei Tagen ist das Fleisch dann mürbe.

Kugelfisch

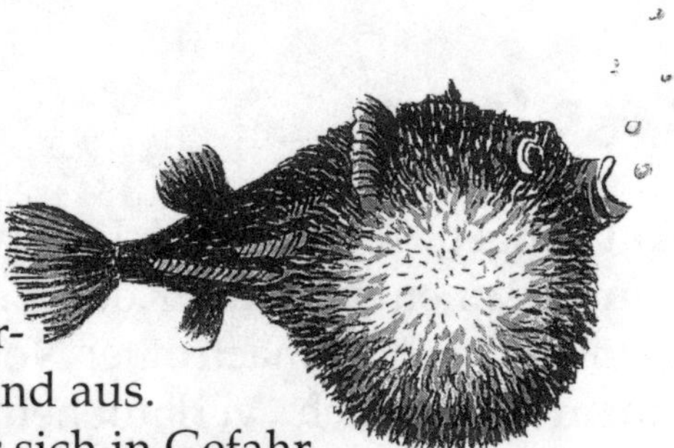

Dieser Fisch sieht normalerweise kugelrund aus. Denn wenn er sich in Gefahr fühlt, bläst er sich auf und wird zur Kugel – daher der Name Kugelfisch. Gefährlich sind einige seiner Teile, die hochgiftig sind.

Kühlen ohne Kühlschrank

Schon die alten Römer haben gewusst, dass unglasierter Ton kühlt.

Tauche einen Blumentopf ins Wasser und stelle ihn dann in den Schatten. Gib etwas hinein, das du kühl halten willst. Decke den Topf am besten mit einer Tonplatte (ebenfalls feucht) zu.

Im Inneren bleibt es kühl. Der Ton gibt Wasser ab, das verdunstet.

Lagerfeuer

Auf langen Touren sind Lagerfeuer wichtig, zum Wärmen und zum Kochen.

Piloten zünden nach einer Notlandung oder einem glimpflich verlaufenen Flugzeugabsturz sofort ein Feuer an. Das Feuer gibt Sicherheit und beruhigt.

Allerdings kann aus einem kleinen, romantischen Lagerfeuer sehr schnell ein Waldbrand werden, wenn man wichtige Regeln nicht beachtet.

- Nie grünes oder feuchtes Holz verwenden. Es brennt schwer und kann vor allem leicht „schießen“. Das Wasser im Holz explodiert und Funken werden weit weggeschleudert.
- Kein Lagerfeuer in der Nähe von Bäumen oder nahe an einem Wald entzünden.
- Kein Lagerfeuer auf dürren Wiesen. Höchste Gefahr von Flächenbränden.

- Vor dem Anzünden alles Brennbare aus der Nähe des Lagerfeuers entfernen (Blätter, trockenes Gras, herumliegende Zweige).

- Jedes Lagerfeuer immer mit Steinen einfassen. Am besten eine flache Grube ausheben und als Feuerstelle verwenden.

- In der Nacht das Feuer bewachen!

- Falls du das Lager aber für kurze Zeit verlassen musst, lass das Feuer nicht ungeschützt allein zurück. Grabe die Glut in die Erde ein und lass ein kleines Luftloch. Die Glut schwelt bis zu 24 Stunden weiter und kann helfen ein neues Feuer zu entfachen.

- Immer etwas zum Löschen in der Nähe haben!
  Erde oder noch besser Wasser! Wird das Lagerfeuer nicht mehr gebraucht, sorgfältig löschen. Es darf keine Glut zurückbleiben.

Lawine

Ich war auf Skiern unterwegs, Phantom lief neben mir her. Wir fuhren in einem Steilhang, weil wir zwei Agenten verfolgten und eine Abkürzung nehmen mussten.

Leider wussten wir nicht, dass die Agenten vorher die Lawinenwarntafeln entfernt hatten.

Phantom hatte die Lawine bereits gehört, als noch überhaupt nichts zu sehen war. Bald habe auch ich sie bemerkt.

Sie kam wie eine Welle auf uns zu gerollt. Die Geräusche, die sie verursachte, waren ein Dröhnen, Poltern, fast sogar schon Pfeifen.

Ich habe versucht zu entkommen, aber ich war zu langsam. Jetzt war sehr wichtig genau das Richtige zu tun:

- Skibindungen lösen.
- Bei einer Staublawine Schal über Mund und Nase ziehen. So kann man weiteratmen.
- Skistöcke wegwerfen, wenn es eine Lockerschneelawine ist, denn in ihr kann man schwimmen und sich so an der Oberfläche halten.

– Wenn du es nicht schaffst oben zu bleiben, Arme vor das Gesicht, als würdest du dich gegen einen Boxer verteidigen. Box dir einen Atemraum frei.

– Tief einatmen und dich so dick wie möglich machen, damit du einen großen Hohlraum bildest.

– Auch wenn es finster wird, nicht sofort den Mut verlieren. Vielleicht liegst du nur einen halben Meter unter der Schneeoberfläche.

- Wenn du nicht mehr weißt, wo oben und unten ist, spuck aus. Der Speichel rinnt nach unten.
- Rede dir selbst gut zu. Gib die Hoffnung nicht auf. Das macht dich kräftiger.
- Wenn du Hundegebell oder Stimmen hörst, mach dich bemerkbar. Schrei so laut du kannst.

Mamba

Sie ist eine gefürchtete Schlange, da sie eine gefährliche Jägerin ist. Kommt ihr ein Mensch in die Quere, jagt sie ihn wie jede andere Beute. Ihr Gift gilt als eines der gefährlichsten Schlangengifte. Mambas schlagen blitzschnell zu.

Matratzensack

Eine Notmatratze ist ganz schnell hergestellt. Nimm einen großen Müllsack und stopfe zusammengeknülltes Zeitungspapier hinein. Bist du groß, brauchst du mehrere Säcke.

Luft aus dem Sack drücken und oben zubinden. Schon ist die Matratze fertig. Wichtig ist jetzt noch eine Decke. Die Matratze schützt zwar vor Kälte, doch es ist nicht angenehm auf Plastik zu liegen.

Muräne

Muränen sind Fische. Sie verstecken sich meistens in Felsritzen und Löchern. Ihr Körper hat eine Länge von drei Metern, das Maul die Form eines Entenschnabels und die Zähne sind spitz und nach rückwärts gebogen.

Muränen sind scheu, aber neugierig. Sie greifen nicht an, weil sie böse sind, sondern weil sie sich bedroht fühlen.

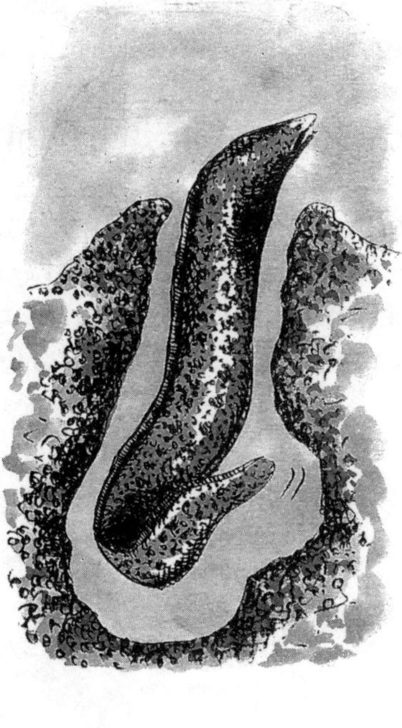

Profis halten deshalb immer einen Sicherheitsabstand zu Felsen ein, um Muränen nicht zu beunruhigen oder zu reizen.

Um in Ritzen zu suchen oder zu stochern, immer ein Instrument nehmen, z. B. eine Harpune, einen Stock oder eine Stange.

Ein Taucher hat mir von folgendem Erlebnis berichtet:

In etwa sechs Meter Tiefe harpunierte er eine Muräne. Er hatte sie für tot gehalten. Mit einem Schlag war sie aber plötzlich quicklebendig und glitt am Speer runter auf ihn zu. Er ist geflohen, aber sie hat ihn samt Harpune verfolgt.

Sie hat versucht ihn am Kopf anzugreifen. Der Taucher hat zum Schutz den Arm vorgehalten. Ein schmerzhafter Biss in den Ellbogen war die Folge. Ein Chirurg war zwei Stunden lang mit dem Nähen der Wunde beschäftigt.

Geheimauftrag für dich

Phantom und ich sollen zu dem großen Unbekannten vordringen, dessen Haus sich in einem riesigen Park befindet.

Plötzlich beginnt mein Wolf wie wild zu graben und dieses Tier taucht auf.

12. Action-Frage

Was ist das für ein Tier?

A Ein Komodowaran – höchst gefährlich!

B Ein Riesenchamäleon – harmlos.

C Eine Bergeidechse – giftig.

Notlagen

Auf einer einsamen Insel

Schiffbruch in einem Sturm. Du landest an dem Strand einer Insel und kannst keine Anzeichen für Bewohner finden.

Ein Alptraum!

Wie kommt man von der Insel wieder fort?

Einige Möglichkeiten:

– Bereite ein Signalfeuer vor. Taucht ein Schiff am Horizont auf, zünde das Feuer an. Es sollte stark qualmen.
  Mit einer Decke kannst du Rauchsignale geben.

– Lege auf dem Boden Zeichen aus, die von einem Flugzeug aus gesehen werden können.

– Flugzeugen kannst du Blinkzeichen geben. Du brauchst dazu natürlich einen blank polierten Gegenstand – zum Beispiel den Deckel einer Notfalldose.

Allein im Rettungsboot auf hoher See

Damit du dich draußen auf dem Meer orientieren kannst, musst du folgende Zeichen beachten:

- Flockige Wolken
- Viele Vögel (vor allem Landvögel)
- Treibholz oder Kokosnüsse

All das sind Hinweise, es könnte Land in der Nähe sein.

Für dich bedeutet das, dass du immer in diese Richtungen paddeln musst.

Auf einem sinkenden Schiff

- Ruhe bewahren, das kann lebensrettend sein.
- Lass deine Klamotten an. Erstens halten sie warm und zweitens können sich zwischen Kleidung und Körper Luftpolster bilden, die beim Schwimmen helfen.
- Steck, wenn vorhanden, eine Taschenlampe und Schokolade ein.

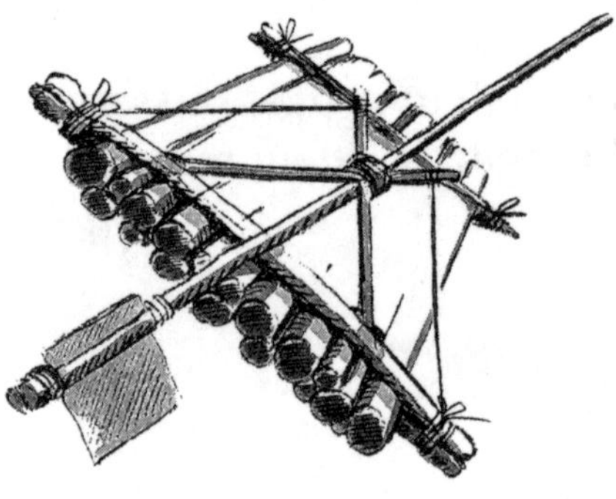

- Zieh deine Schwimmweste an.
- Wenn du ins Wasser springen musst, nimm möglichst viele brauchbare Sachen von Bord mit, die im Wasser nicht untergehen.
- Versuche aus Treibgut ein Floß zu bauen. Dazu Treibgut einfangen und zusammenbinden.

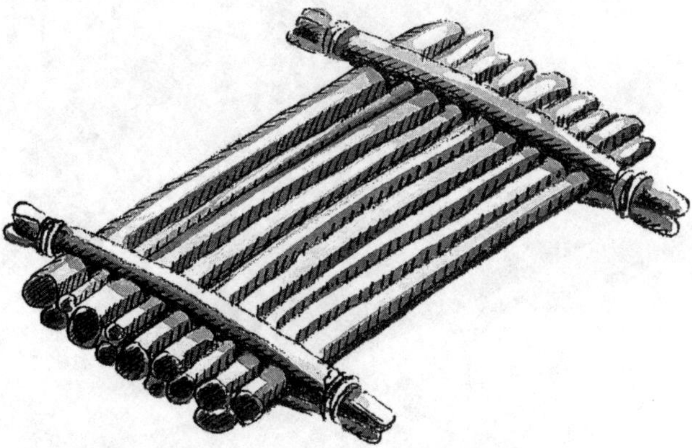

Geheimauftrag für dich

Es war eines der schlimmsten Erlebnisse, das ich je hatte. Nachdem feindliche Agenten mein Schnellboot zerstört hatten, blieb ich mit Phantom in einem Rettungsschlauchboot auf dem offenen Meer zurück. Nach acht zermürben-

den Tagen auf See war meine Hoffnung auf den Nullpunkt gesunken. Gegen Mittag entdeckte ich dann einen grünlichen Schimmer auf der Unterseite der Wolken.

13. Action-Frage

Was bedeutet der Schimmer?

A Darunter befindet sich Land.

B Vorsicht, gefährliche Quallen im Wasser.

C Vorsicht, Atomversuch.

Hai in Sicht

Taucht die Rückenflosse eines Hais auf, geraten die meisten Leute in Panik. Aber dazu besteht gar kein Grund, denn Haie sind keine gefräßigen, blutrünstigen Killer. Sie sind Meerestiere, die ihre Lebensgewohnheiten haben. Nur wenn wir ihnen in die Quere kommen, gibt es Schwierigkeiten.

Ein Beispiel: Sporttaucher haben auf ihrem Boot gegessen. Die Reste wurden ins Meer geworfen. (Mistkerle, im wahrsten Sinne des Wortes!) Es waren Reste von Fischen und Steaks. Kurze Zeit später sind sie ins Wasser gesprungen, wo bereits einige Haie gewartet haben. Na klar, die Essensreste haben sie nämlich angelockt.

Was tun, wenn ein Hai auftaucht?

Zeige dem Hai, dass du keine Angst hast. Das macht ihn unsicher. Fängt er an dich zu umkreisen, ist er schon ein bisschen verwirrt.

Lärm schreckt Haie ab. Deshalb brülle laut. Oder schlage mit der flachen Hand auf die Wasseroberfläche.

Nähert er sich trotzdem, hilft oft ein Schlag auf die empfindliche Schnauze oder das Auge. Taucher schlagen mit der Faust, mit der Unterwasserkamera, dem Tauchschuh oder einem Stock.

Das Beste ist allerdings jede Begegnung mit Haien zu vermeiden.

Der Trick mit dem Ring

Ein Haiexperte hat mir berichtet, dass Haie einzelne Schwimmer und Taucher eher angreifen als mehrere. Ein Trick, der wirkt, ist sich aneinander einzuhaken und einen Ring zu bilden. Beine nach außen. Und dann so fest wie möglich nach allen Seiten treten. Das schreckt den Hai ab.

Warum greifen Haie Schwimmer an?

Weil sie sie für Beute halten. Gerät der Schwimmer in Panik, schwimmt er wild umher, strampelt und zappelt und erinnert dabei den Hai an einen kranken Fisch – seine Lieblingsbeute.

Genauso ist es mit Leuten, die bäuchlings auf dem Surfbrett liegen und mit den Armen paddeln. Von unten sieht das für den Hai im Gegenlicht wie eine Robbe aus, ebenfalls ein begehrtes Futter. Woher soll er wissen, dass es sich um einen Menschen handelt?

Plötzlich keine Luft mehr

Das Schlimmste, was dir unter Wasser passieren kann: Du hast übersehen, dass der Luftvorrat zu Ende geht. Versuch trotzdem ruhig zu bleiben. Panik kostet nämlich viel Sauerstoff.

Erfahrene Taucher meinen, in so einem Moment hilft nur eiserne Disziplin. Man muss mit sich selbst reden oder singen. Das beruhigt. Sofort andere Taucher aufmerksam machen. Es ist möglich ein Mundstück „zu teilen" und gemeinsam aufzutauchen.

Das Auge des Wirbelsturms

Es liegt in seinem Inneren. Wer dort hineingerät, ist meistens verloren.

Wirbelstürme entwickeln gigantische Kräfte: Sie entwurzeln Bäume, decken Häuser ab, heben schlecht verankerte Holzhäuser aus dem Boden, reißen Rinder mit sich.

Die Früherkennung ist heute dank der modernen Wetterforschung fast immer möglich. Wird ein Wirbelsturm gemeldet, gilt es, alle Sicherheitsmaßnahmen zu befolgen, die angeraten werden. Notfalls das gefährdete Gebiet sofort verlassen.

Unsicher bist du in der Nähe von Küsten. Die Verwüstungen sind dort meistens am schlimmsten. Wirbelstürme erzeugen außerdem Springfluten und meterhohe Flutwellen, deren Gewalt mit Dampfwalzen vergleichbar ist.

Wirst du auf dem Meer von einem Wirbelsturm überrascht, sofort Segel einholen, alles Bewegliche unter Deck bringen und die Luken dicht machen.

Auch auf dem Festland heißt es, bevor der Wirbelsturm loslegt, alles reinholen, was weggeweht werden könnte. Fenster vernageln. Mit einem Vorrat an Essen und Trinkwasser sich in den Keller zurückziehen.

Bei einigen Wirbelstürmen wie dem Hurrikan muss man Folgendes beachten: Zieht der Sturm ab, ist noch nicht alles vorbei. In fast allen Fällen kommt er nach kurzer Zeit zurück.

Erdbeben

Wenn die Erde plötzlich zu beben beginnt, ist das Wichtigste, sich vor allen herabfallenden Sachen zu schützen.

Kannst du nicht mehr aus dem Haus, stell dich unter einen Türstock. Gut geeignet ist auch ein Tisch, selbst wenn Mauerteile herumfliegen, bleibt Luft zum Atmen.

Besseren Schutz findest du am ehesten in einem unteren Stockwerk oder im Keller.

Bei Erdbeben sollte man niemals mit dem Lift fahren.

Ein Tunnel ist ebenfalls kein guter Zufluchtsort.

Am Fuße von Bergen besteht die Gefahr der Verschüttung, da Hänge durch das Erdbeben leicht zu rutschen beginnen.

Der sicherste Ort sind Strände.

Der Wasservorrat geht zu Ende

Befindest du dich in einer Notlage (im Rettungsboot auf hoher See, eingeschlossen in einer Höhle oder in einem trockenen Gebiet) und ist dein Wasservorrat nur gering, dann ist Folgendes zu tun:

- Versuche einen Tag ohne Wasser auszukommen.
- Teile das Wasser genau ein. Zur Not kommst du mit einem halben Liter aus (es darf natürlich nicht zu heißes Wetter herrschen).
- Schlimmstenfalls die Rationen noch einmal verkleinern.
- Wasser nie gierig runterstürzen. Am besten Lippen und Zunge befeuchten und das Wasser eine Weile im Mund behalten. Dann erst schlucken.
- So wenig wie möglich essen.

Der Rettungshubschrauber kommt

Aus dem unwegsamen Berggelände konnte Phantom und mich nur ein Helikopter retten. Ich hatte eine Lichtung gefunden, die groß genug für die Landung war, und einige Vorbereitungen getroffen.

Die Lichtung hatte einen festen Boden (wichtig für die Landung) und war von niedrigem Grünzeug überwuchert. Einige wenige Pflanzen waren höher. Ich musste sie in diesem Notfall beseitigen, damit sie nicht in den Rotor gerieten.

Besonders wichtig ist es auch, vor einer Hubschrauberlandung alle Sachen wegzuräumen, die vom Rotor aufgewirbelt werden könnten.

Meistens trage ich eine Baseballkappe. Als der Helikopter kam, habe ich sie abgenommen.

Die Zeichen auf der folgenden Seite können für die Verständigung mit dem Piloten vom Landeplatz zum Hubschrauber nützlich sein.

Signale für Rettungshelikopter

Runtergehen!

Nach rechts!

Nach links!

Flieg zu mir!

Nimm mich mit!

Notsignale

Lichtsignale

Vor allem in den Bergen werden oft Lichtsignale im Notfall eingesetzt. Hier einige und ihre Bedeutungen.

6 schnelle Blitze = Brauche Hilfe

3 kurze, 3 lange, 3 schnelle Blitze = SOS

3 schnelle Blitze = Nachricht verstanden

rot = SOS oder brauche Hilfe

weiß = Nachricht verstanden

grün = Kehrt zum Stützpunkt zurück *oder* wir kehren zum Stützpunkt zurück

Bodenzeichen nach Notlandungen

Diese Zeichen werden mit Steinen, Holzstücken oder mit Fackeln auf dem Boden ausgelegt. Sie sollten möglichst groß sein, damit sie aus der Luft gut sichtbar sind.

Als ich gesucht wurde

Ein Notruf ist mir gerade noch gelungen, ob er verstanden wurde, habe ich leider nicht mehr erfahren. Nach zwei Tagen vergeblichen Wartens bin ich mit meinem Wolf aufgebrochen, um einen Weg aus dem Wald zu finden. Falls aber doch noch eine Suchgruppe kam, sollten die Retter sehen, wohin ich gegangen war.

Diese Zeichen können aus Stöcken und Steinen gemacht werden. Sie zeigen an, in welche Richtung du gegangen bist.

– Pfeile auf dem Boden (können aber leicht zerstört, überwuchert oder verlegt werden).

Alles in Ordnung

Kann nicht weiter

Gehe in diese Richtung

Verstehe nicht

Zeige mir die Richtung

Brauche Essen und Wasser

Nein

Ja

Brauche Arzt

Brauche Medikamente

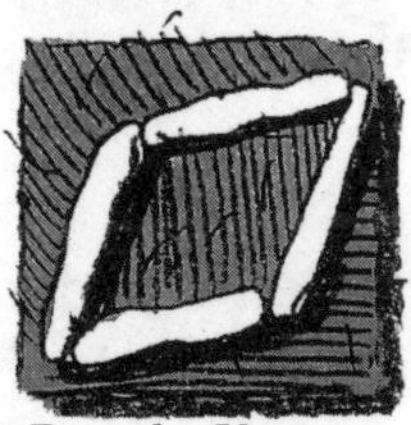

Brauche Kompass und Karte

Landung gefahrlos

Brauche Funkgerät

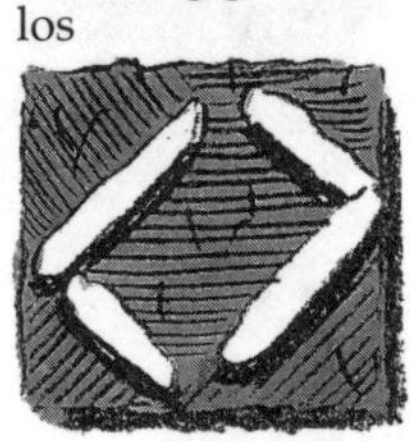

Flugzeug schwer beschädigt

- Zeichen in einem Baum. Zum Beispiel ein Stock in einer Astgabel. Er muss natürlich deutlich sichtbar sein. Je ungewöhnlicher die Stellung, desto besser.
- Steinpyramiden; sind sehr auffällig.
- Wichtige Hinweise für Suchgruppen: droht Gefahr, drei Stöcke nebeneinander.
- Vor einem Weg warnen: ein Kreuz aus Ästen.

Wie zeigt ein Pilot, ob er ein Zeichen verstanden hat?

Ja:
Das Flugzeug wackelt mit den Flügeln. In der Nacht blinken die grünen Lichter.

Nein:
Das Flugzeug macht eine Rechtskurve oder blinkt in der Nacht mit den roten Lichtern.

Geheimauftrag für dich

In einem unwegsamen Berggelände war ich aus einem tief fliegenden Flugzeug mit Phantom abgesprungen. Ich hatte einen Koffer mit wichtigen Unterlagen bei mir, die wir Gaunern abgeknöpft hatten.

Es gab nur ein Problem: Wir saßen auf dem Berg fest. Ein Abstieg war völlig unmöglich.

Ich musste also Notsignale geben. Pistole für Leuchtkugeln hatte ich aber keine bei mir.

Also entzündete ich ein Feuer, das stark qualmte.

Endlich tauchte ein Flugzeug auf.

Ich nahm meinen Heliographen und blinkte auf die Pilotenkanzel SOS.

Das Flugzeug drehte ab und mein Mut sank. Bald kam es aber wieder zurück und der Pilot wackelte mit den Tragflächen.

14. Action-Frage

Was bedeutet dieses Zeichen?

A Verstanden, schicke Hilfe.

B Das soll wohl ein Witz sein.

C Was ist los?

Meine Abenteuertasche

Der Sir hat mich mit zahlreichen, modernen elektronischen Geräten versorgt, die mir schon oft sehr nützlich gewesen sind.

Zum Beispiel besitze ich ein **Funktelefon**, mit dem ich überall auf der Erde telefonieren kann. Eine kleine, tellergroße Antenne macht es möglich. Sie funkt und empfängt Signale über einen Satelliten im All.

Das Telefon ist aufklappbar. Darin ist ein kleiner Computer, der jede Menge Informationen und Unterlagen, Adressen und Fakten speichert. Gleichzeitig kann ich über den Computer und das Telefon Kontakt mit dem internationalen Computernetz *Internet* aufnehmen.

Per *Internet* kann ich noch mehr Daten abrufen und vor allem elektronische Briefe (*E-Mails*) verschicken. Sekunden nachdem ich sie abgeschickt habe, sind sie im elektronischen Briefkasten des Empfängers. Auch der Sir kann auf diese Weise mit mir Kontakt aufnehmen.

Praktisch, wenn ich gerade unterwegs bin und die Antenne des Telefons nicht abgestellt habe und nicht erreichbar bin. Sobald ich mich ins *Internet* einschalte, kann ich alle Nachrichten abrufen, die für mich gekommen sind.

Inhalt meiner Abenteuertasche

Lupe

Eine kleine Lupe kann oft sehr nützlich sein. Du kannst damit das Sonnenlicht bündeln und Feuer machen. Geht dir ein winziger Gegenstand verloren, so kannst du ihn damit suchen.

Nadel und Faden

Zerrissene Kleidungsstücke müssen notdürftig zusammengeflickt werden, wenn du keine anderen zum Wechseln hast. Nimm verschieden starke Nadeln und umwickle sie mit Zwirn und dünnem Nähgarn. Spitzen am besten in ein Korkplättchen stechen.

Angelhaken und -schnur

Nach dem Absturz des Flugzeuges, mit dem ich unterwegs war, haben mir der Haken und

DESINFEKTION

die Schnur das Leben gerettet. Ich konnte Fische fangen und mich davon ernähren.

Minikompass

Es gibt winzige Kompassgeräte, die ausgezeichnet funktionieren. Sie müssen nur gut ablesbar sein.

Wasserfeste Zündhölzer

Die kannst du leicht selbst herstellen. Tauche Zündhölzer in flüssiges Wachs, sodass sie völlig umhüllt sind. Brauchst du später eines, löse es aus der Wachshülle und kratze das Wachs vom Kopf. Über Sandpapier reiben und anzünden.

Die Notkerze

Sie besteht aus einem langen Docht und einem Kerzenstummel. Brauchst du sie, dann knete das Wachs, bis es weich wird, und forme es um den Docht nach oben.

Draht

Im Notfall kannst du damit Stöcke zusammenbinden, Sachen sichern und starke Verbindungen schaffen.

Ein langes Stück gut aufwickeln, am besten nicht zu eng, da der Draht sonst wie eine Spirale ist.

Drahtsäge oder Laubsägeblatt

Es gibt Sägen, die aus einem Stück Draht bestehen und sich aufwickeln lassen. Wichtig sind die Schlingen an den Enden, durch die Holzstücke gesteckt werden, die als Griffe dienen. Auch ein Laubsägeblatt ist nützlich, braucht aber auch Griffe.

Pflaster und Desinfektionsmittel

Pflaster in verschiedenen Größen und ein Desinfektionsmittel (kleinste Tube oder Fläschchen).

Heliograph

Mit diesem Gerät kannst du Lichtzeichen geben. Das Praktische daran ist, dass du die Lichtzeichen genau zielen kannst.

Ein Heliograph ist ein Doppelspiegel mit einem Loch in der Mitte. Du kannst ihn aus zwei Spiegeln basteln, die du mit den dunklen Flächen aneinander klebst. Ein Glaser muss dir dann nur noch ein Loch in die Mitte einschneiden.

Du kannst den Heliographen aber auch aus einem Stück Metall bauen. Wichtig ist, dass du die Kanten mit der Zange gut umbiegst oder abfeilst.

So benützt man den Heliographen:

Schau durch das Loch und fixiere das Haus, das Flugzeug oder den Menschen, dem du ein Lichtzeichen geben willst. Halte den Heliographen dabei gegen die Sonne, sodass das Licht durch das Loch auf dein Gesicht fällt.

Im hinteren Spiegel siehst du den Lichtfleck auf deinem Gesicht. Kippe jetzt den Spiegel, bis der Lichtfleck wieder durch das Loch im Spiegel verschwindet. Wenn du dabei den Empfänger noch immer durch das Loch siehst, kommt das Blinkzeichen bei ihm an.

Taschenmesser

Es besteht aus: langer und kurzer Klinge, Feile, Säge, Schraubenzieher, Schere und Dosenöffner.

Nie geöffnet in die Hosentasche stecken! Falls der Klappmechanismus einmal ausgeleiert ist, unbedingt reparieren lassen oder nicht mehr verwenden.

Nie zum Körper schnitzen und die Finger beim Schneiden in sicherem Abstand halten.

Es ist gröbster Leichtsinn, ein Taschenmesser gegen Baumstämme oder zum Spaß in Büsche zu werfen. Dabei können Tiere und Menschen verletzt werden.

Also größte Vorsicht beim Umgang mit Taschenmessern!

Ferientasche

In die Ferien nehme ich ein Mini-Abenteuerset mit. Auch dir kann es sehr nützlich sein.

DEUTSCHE MARK

Inhalt meiner Ferientasche

- Notizblock oder Heft
- Stift, der überall schreibt
- Lupe
- Taschenmesser
- Trillerpfeife
- Kompass
- Taschenlampe
- wasserfeste Streichhölzer
- dünnes Seil
- Münzen zum Telefonieren
- Etwas Geld als eiserne Reserve

Pflanzen

Der Sir ist Experte für alles Essbare. Einmal hat er mir einen grünen Salat servieren lassen. Es war junger **Löwenzahn**. Hat ein bisschen bitter, aber sonst gut geschmeckt.

Sauer und erfrischend schmecken die Blätter des **Sauerampfers**. Ich knabbere nur daran.

Auch junge **Brennnesseln** kann man essen. Müssen aber auf jeden Fall gut gekocht werden. Sie schmecken dann ähnlich wie Spinat. (Übrigens: aus den Stängeln können Profis sogar Seile machen!)

Stark nach Knoblauch riecht der **Bärlauch**. Schmeckt ganz gut.

Einmal habe ich einen süßen Saft gekostet, der aus **Schilfrohr** gewonnen wird.

Auch die Samen von **Kiefernzapfen** sind essbar. Allerdings nur wenn sie geröstet sind.

Wichtig:
Niemals eine Pflanze essen, die du nicht genau kennst! Es gibt mehr giftige Pflanzen und giftige Pilze, als man denkt.

Piranhas

Sie gelten als gefährlich und gefräßig. In Wirklichkeit aber sind fast alle Piranhaarten für den Menschen ungefährlich. Kein Piranha würde einen gesunden Schwimmer angreifen. Gefährlich können aber offene Wunden werden.

Der Piranha, der dem Bild entspricht, das viele von diesen Fischen haben, ist der **Schwarze Piranha**. Er kann einen Finger durchbeißen. Gefährlich wird es nur, wenn die Räuber in der Trockenzeit dicht gedrängt in Tümpeln sind und dadurch aggressiv werden.

Portugiesische Galeere

Der Körper dieser Qualle hat meistens nur die Größe einer Hand. Doch ihre Tentakel werden bis zu 15 Meter lang. Sie sehen völlig harmlos aus, enthalten aber große Mengen Gift. Wer in sie hineinschwimmt, kann bewusstlos werden und ertrinken.

Puffotter

Man findet sie in der Nähe von Wasser. Sie ist vor allem in Asien und Afrika verbreitet. Außerordentlich giftig!

Qualle

An die Begegnung mit einer Qualle denke ich nicht gerne zurück. Die Arme einer Nesselqualle hatten meine Beine gestreift. Es hat höllisch gebrannt. Als ich aus dem Wasser stieg, klebten an meiner Haut Nesselarme. Ich Dummkopf wollte sie mit der Hand wegwischen – schon habe ich mich zum zweiten Mal verbrannt.

Übrigens: Ich hoffe, dir passiert das nie. Falls du aber auch Nesselgift wegwischen musst und kein Tuch zur Hand hast, nimm Seetang.

Rucksack packen

Ich mache das so:

- Zuerst erstelle ich eine Liste von allen Sachen, die ich mitnehmen will. Nach ein paar Tagen schau ich sie durch, ob ich wirklich alles brauche.
- Vor dem Packen richte ich die Sachen her und lege sie auf. Dinge, die zusammengehören, stecke ich in Plastiksäckchen.
- Alles, was ich auf der Wanderung brauche, kommt natürlich ganz oben hin.
- Die schwersten Sachen kommen ganz unten in den Rucksack.

– Vorsicht vor scharfen Kanten und Ecken. Stehen sie an der Rückenseite raus, können sie beim Wandern große Beschwerden verursachen.

– Teile dein Körpergewicht durch vier. Wiegst du zum Beispiel 42 Kilogramm, sollte dein Rucksack nicht schwerer als 10 Kilogramm sein.

– Ich mag keine Sachen, die außen am Rucksack baumeln.

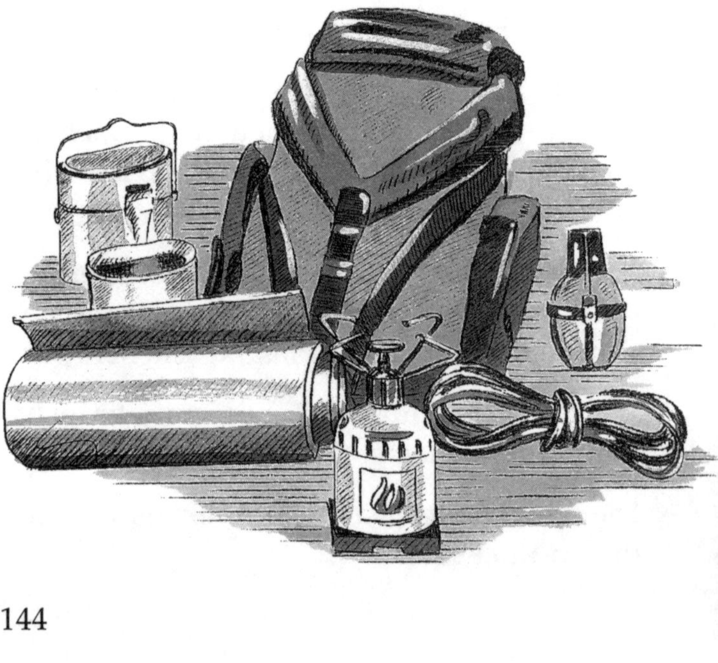

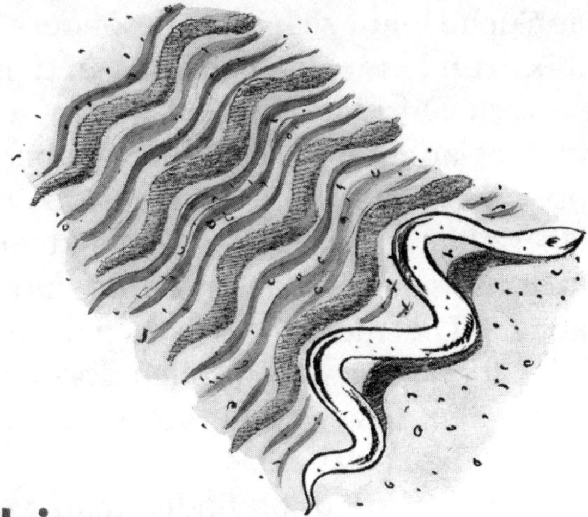

Sandviper

Auffällig sind ihre Farben: Rosa und Gelblich. Sie ist klein und schlank. Wichtiges Erkennungszeichen: Ihre Spur sieht aus, als hätte jemand mit gespreizten Fingern Wellenlinien in den Sand gezeichnet. Sie gleitet nämlich seitlich dahin. Extrem giftig!

Schätze

Man schätzt, dass in den vergangenen 3000 Jahren ungefähr eine Million Schiffe versunken sind.

Die Suche lohnt sich ganz besonders in der Karibik, rund um die Bahamas und in den Gewässern Floridas. Vor 350 Jahren wurden Schiffe, beladen mit Gold und Silber nach Europa geschickt. Viele sind gesunken oder bei Überfällen durch Piraten versenkt worden.

Auch zahlreiche Wikingerschiffe sind untergegangen. Die meisten zwischen Dänemark und der Insel Rügen. 300 sollen dort auf dem Meeresboden liegen und viele hatten jede Menge Schätze geladen.

Einen Schiffsfriedhof findet man vor der Küste Englands, im Südwesten. Viele Steuermänner wurden dort von Sandbänken und Klippen überrascht. Rund 2 000 Schiffe sollen hier gesunken sein. Bestimmt waren jede Menge Handelsschiffe mit Truhen voller Münzen darunter.

Auf den Wert von 3,5 Milliarden Dollar wird ein goldener Esstisch mit sechs goldenen Löwen (Augen und Krallen aus Rubinen) geschätzt, der dem Sultan von Malakaan gehört hat. Das Piratenschiff, das den Tisch geladen hatte, sank vor der Küste Sumatras vor 500 Jahren. Bis heute ist der Tisch nicht wieder zum Vorschein gekommen.

Schlangen

Es gibt etwa 3 000 verschiedene Schlangen auf der Erde. Davon sind nur 300 giftig.

Oft wird behauptet, Schlangen wären listig und falsch. Das ist absoluter Unsinn. Die allerwenigsten Schlangen sind angriffslustig. Die meisten beißen nur zu, wenn sie sich bedrängt oder in Gefahr fühlen.

Wenn du eine Schlange findest

Schlangen sind nicht böse und angriffslustig. In den meisten Fällen verteidigen sie sich nur.

- Deshalb bleib Schlangen immer fern, reize sie nicht und berühre sie nicht.
- Immer fest auftreten. Durch die Erschütterung des Bodens werden Schlangen gewarnt und können sich verziehen. Es gibt ein Gebiet, das sie als „ihren Kreis" ansehen. Dieser Kreis erstreckt sich ungefähr 3–5 Meter rund um ihr Versteck. Wird der Kreis betreten, dann schlagen sie zu. Schlangen verfolgen einen Menschen aber nicht.

- Vorsicht vor Schlangen, die tot aussehen. Vielleicht lauern sie nur auf Beute.
- In Gebieten, wo Sand- und Hornvipern vorkommen, nicht rennen. Nie von Felsen runterspringen. Du könntest im „Kreis“ einer Viper landen. Dich niemals allzu nahe bei Büschen oder Bäumen hinsetzen.
- Beim Sammeln von Feuerholz immer feste Schuhe und Handschuhe anziehen.
- Ist es sehr heiß, so verstecken sich Vipern vor allem an schattigen Plätzen im Sand.
- Vorsicht, wenn du Zweige von Büschen teilst. Kleine Giftschlangen können dort versteckt sein.
- Stecke niemals deine Hand in Felsritzen, in die du nicht hineinsehen kannst.
- In Schlangengebieten solltest du immer Stiefel tragen.
- Wenn du ins Laub, unter Steine oder in eine Ritze greifst, zuerst mit einem Stock hineinfahren und kontrollieren, ob eine Schlange darin versteckt ist.

– Wenn du einer Schlange begegnest, versuche den Rückzug anzutreten. Gib ihr die Möglichkeit zur Flucht und sie wird sie gerne ergreifen.

Und wenn die Schlange doch beißt?

Wird jemand gebissen, braucht er als Erstes Beruhigung. Der Schock ist für viele das Schlimmste.

Wichtig ist auch, dass sich die Person so wenig wie möglich bewegt, damit sich das Gift im Körper nicht schnell verteilt.

Hat die Schlange z. B. in das Bein gebissen, so soll das Bein runterhängen. Über der Bissstelle muss es abgebunden werden.

Achtung:

Auf Expeditionen, wo das geschehen kann, muss immer ein Experte dabei sein, der im Notfall erste Hilfe leisten kann!

In Gebieten, wo Giftschlangen vorkommen, tragen Profis immer ein Antiserum bei sich. Sonst so schnell wie möglich einen Arzt ausfindig machen, der ein Serum hat und es spritzen kann.

Schwarze Witwe

Man erkennt sie an der Zeichnung auf der Unterseite des Hinterleibes. Sie hat die Form einer Eieruhr.

Der Biss der Schwarzen Witwe kann einen Menschen völlig außer Gefecht setzen. Tödlich ist er aber nur selten.

Seeschlangen

Sie sind vornehmlich in den warmen Küstengewässern im Indischen und Pazifischen Ozean zu Hause. Ihr Körper ist an das Leben im Wasser gut angepasst. Sie ernähren sich von Fischen und gelten als die giftigsten Schlangen der Welt.

Seilstärke

Ein paar Anhaltspunkte:

Ein 8 mm starkes Seil trägt etwa 50 Kilogramm. Es reißt bei einer Belastung von 400 Kilogramm.

Ein 16 mm starkes Seil trägt 200 Kilogramm und reißt bei 1 600 kg.

Skorpione

In der Wüste Sahara gibt es ungefähr 20 verschiedene Arten von Skorpionen. Sie leben unter Steinen und in Höhlen. Wird es dunkel, kommen sie heraus und gehen auf Jagd.

Niemals greifen Skorpione Menschen an. Sie stechen nur, um sich zu verteidigen, wenn sie sich bedroht oder bedrängt fühlen.

Vorsicht! Skorpione suchen das Feuer und laufen darauf zu!

Die meisten Skorpionarten sind harmlos. Ihr Stich ist mit dem einer Wespe vergleichbar.

Es gibt aber auch sehr giftige Arten. Zu erkennen sind sie an den dunkleren Scherenspitzen und einem dunklen Schwanzende, während der Rest ihres Körpers hell ist.

Ein Skorpionstich ist schmerzhaft. Ist das Gift stark, dann folgen Übelkeit, Schweißausbrüche und Krämpfe.

Gehe daher niemals barfuß in der Wüste, schon gar nicht bei Dunkelheit.

Leuchte immer mit der Taschenlampe den Weg ab.

Tagsüber und am Abend Zelte stets geschlossen halten. Die Schlafsäcke sollten eingerollt sein und am besten in einer Hülle stecken.

Das Wichtigste: Schuhe vor dem Anziehen umdrehen, Kleidungsstücke ausschütteln. Hat sich ein Skorpion darin verkrochen, fällt er raus.

Wüstenprofis töten niemals einen Skorpion. Sie stülpen einen Becher über ihn und schieben eine Karte unter die Öffnung. Danach wird er weggetragen und mindestens hundert Meter vom Lager entfernt freigelassen.

Speikobra

Diese Schlange beißt nicht zu, sondern verspritzt ihr Gift. Für den Menschen gefährlich, wenn es in die Augen oder in offene Wunden gerät.

Spinnen

Spinnen sind besser als ihr Ruf. Sie sind weder ekelig noch schrecklich. Wer schon einmal einer Spinne beim Weben ihres Netzes zugesehen hat, weiß, wie geschickt diese Tiere sind.

Das Gift, das einige Spinnen zum Jagen brauchen, kann für den Menschen gefährlich werden.

Der Biss der **Speispinne** z. B. hat Schüttelfrost, Fieber, Flecken auf der Haut und Schmerzen zur Folge.

Für besonders giftig wird die **Vogelspinne** gehalten. Sie ist aber nicht sehr gefährlich. Ihr Biss ist mit einem Wespenstich vergleichbar.

Stachelrochen

Auf Sandbänken und im Seegras liegen Stachelrochen meistens gut versteckt. Sie nehmen Sonnenbäder und verschwinden rasch, wenn nur ein Schatten auf sie fällt.

Fühlt sich der Stachelrochen angegriffen, verteidigt er sich. Er tut das mit seinem gefährlichen, gezackten Schwanz, der mit einem schleimigen und gefährlichen Gift gefüllt ist. Ein Schlag damit kann für den Menschen verhängnisvoll werden.

Steinfisch

Er sieht aus wie ein Stein. Versteckt er sich auf dem Boden, ist er bestens getarnt. Er ist sehr giftig.

Stilles Wasser

Hast du schon einmal Wellen im Fluss beobachtet, die stillzustehen scheinen? Sie sind gefährlich, denn darunter befinden sich Steine. Wo glaubst du, fließt das Wasser in einer Biegung am schnellsten? Innen oder außen?

Die Antwort: Außen, deshalb niemals an dieser Stelle ins Wasser gehen. Die Strömung ist hier am stärksten und kann dir die Füße wegreißen.

Straußen- und Elefantenritt

In Südafrika bin ich einmal auf einem Strauß geritten. Ein seltsames und sehr ungewöhnliches Gefühl. Man muss ganz hinten sitzen, wo es eigentlich schon wieder abwärts geht. Die Beine musst du fest zusammenpressen und unter keinen Umständen darfst du dich am

Hals des Vogels festhalten. Als Griff dienen die Flügelansätze am Rücken.

Der Strauß ist so rasch gerannt, dass ich schließlich runtergefallen bin. Ich weiß nicht, ob ich mich vielleicht geirrt habe, aber Phantom hatte so ein Grinsen um die Schnauze.

Mein Ritt auf einem Elefanten in Indien war da etwas angenehmer.

Wichtig beim Elefantenreiten ist, sich mit dem Dickhäuter mitzubewegen, sich seinem Rhythmus anzupassen. Sonst wird es schmerzhaft für das Hinterteil.

Festhalten kann man sich übrigens an den Ohren, denn man sitzt vorne im Nacken des Tieres.

Aber eines kann ich euch sagen: So ein Elefant ist hoch. Sehr hoch sogar.

Geheimauftrag für dich

In der Savanne Afrikas wurden Phantom und ich plötzlich von einem Nashorn verfolgt.
Was sollten wir tun?

Geheimauftrag für dich,
Mark Mega und Phantom

Abenteuer-Test

		richtig	falsch
1	**Es ist am besten im Wüstensand barfuß zu laufen.**		
2	**Metallischer Geschmack im Mund beim Tauchen deutet auf Tiefenrausch hin.**		
3	**Um Schlangen zu vertreiben, fest mit dem Fuß auftreten.**		
4	**Haien immer zeigen, dass man Angst und Respekt vor ihnen hat.**		
5	**Der sicherste Ort bei Erdbeben ist ein Tunnel.**		
6	**Wirbelstürme kommen oft zurück, wenn sie über das Land gefegt sind.**		
7	**Ein Auto ist bei einem Gewitter ein sehr unsicherer Platz.**		
8	**Wenn dir kalt ist, sofort eine Kopfbedeckung aufsetzen.**		
9	**Der Vollmond geht immer im Süden auf.**		
10	**Pflanzen mit milchigem Saft sind immer ungiftig.**		
11	**Wer in Treibsand gerät, muss versuchen darin zu schwimmen.**		
12	**Haie kann man streicheln. Ihre Haut ist glatt.**		

Wie gut bist du?

25 – 30 Punkte:	Super, du bist ein echter Abenteuer-Profi.
20 – 24 Punkte:	Bravo! Eine beachtliche Leistung.
15 – 19 Punkte:	Nicht schlecht.
0 – 14 Punkte:	Leider bist du für große Abenteuer noch nicht fit genug. Lies doch noch einmal dieses Handbuch.

SCHNEIDER BUCH

15. Action-Frage

Wie kann man einem Nashorn entkommen?

A Im Zickzack flüchten.

B Auf das Nashorn zurennen.

C Flach hinlegen.

Tauchen

Aus meinem Taucher-Tagebuch:

17. Juni
Ich darf für eine Woche nach Florida und einen professionellen Schatzsucher begleiten. Sein Name ist Mortimer Evans.

21. Juni
Das Schiff wurde von einem Korallenriff aufgeschlitzt und ist innerhalb von Minuten gesunken. Gegen Nachmittag haben wir die Stelle erreicht, wo das Schiff am Meeresgrund liegen muss. Wir haben ein Radargerät an Bord. Damit wird der Grund des Meeres abgetastet. Ein Computer untersucht die Ergebnisse. Werden Objekte entdeckt, die auf das versunkene Schiff hindeuten, schlägt der Computer Alarm.

22. Juni
Endlich ein Anzeichen auf die versunkenen Schätze.
Ich habe einen Tauchkurs gemacht und kann mit Taucheranzug und Pressluftflaschen umgehen.

Das Wasser ist warm und sehr klar. Immer wieder staune ich, wie anders die Welt hier unten aussieht. Ich habe gelernt, dass die Augen unter Wasser getäuscht werden. Alle Gegenstände erscheinen um etwa ein Drittel größer und ein Viertel näher.
Je tiefer ich tauche, desto mehr verändern sich die Farben. Rot wird hell- bis dunkelbraun, später schwarz. Gelb wird grünlich, weiß wird bläulich. Alle anderen Farben erscheinen grau.
Mit einem Handscheinwerfer ändert sich das alles. Im Kunstlicht leuchten Korallen und Fische in prachtvollen Farben.
Der erste Tauchgang war eine Expedition in den Korallenstock, der hier wie ein zerklüftetes Gebirge aufragt und vor rund 400 Jahren das Schiff aufgeschlitzt hat. Noch keine Spuren davon entdeckt.

23. Juni
Heute auf eine Truhe gestoßen. Der Inhalt war enttäuschend. Eine breiige Masse, wahrscheinlich Papiere oder Ähnliches.
Ich habe etwas gehört, was das Brummen einer Schiffsschraube sein könn-

te. Unter Wasser breiten sich Schallwellen aber viermal schneller aus als an Land. Aus diesem Grund konnte ich die Richtung nicht orten.
Endlich haben wir die Wasseroberfläche erreicht.

24. Juni
Schatzsuche abgebrochen. Na ja, vielleicht kann ich den Sir überreden, mir später einen Geheimauftrag zu geben, in dem es um eine Schatzsuche geht.

Wichtig vor dem Tauchen

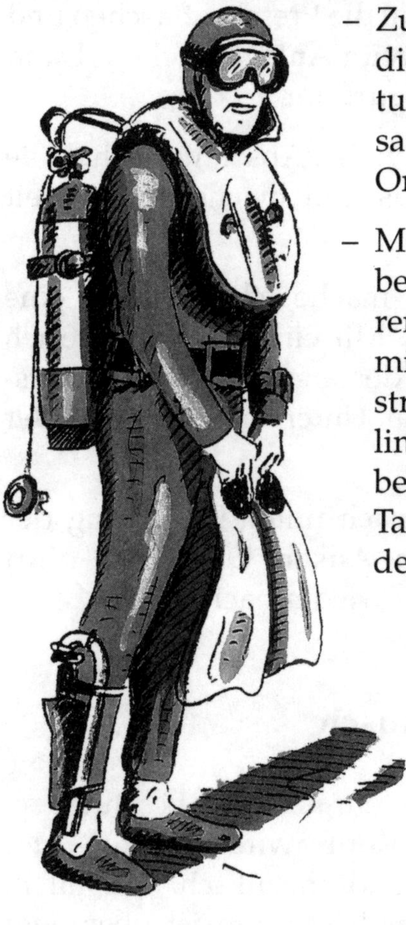

– Zuerst überprüfe ich die ganze Ausrüstung. Alles muss einsatzfähig und in Ordnung sein.

– Mein Taucheranzug besteht aus mehreren Teilen. Ich fange mit der Hose an und streife dann die Füßlinge über. Am Bein befestige ich das Tauchermesser und den Schnorchel.

- Es folgen Jacke und Rettungsweste. Wichtig ist natürlich der Lungenautomat. Ich überprüfe noch einmal die Pressluftflaschen und lasse mir dann beim Anlegen helfen. Dann lege ich den Bleigurt um.
- Die Flossen bilden den Abschluss. Ich spüle meine Maske aus und mache mich bereit zum Wassern.
- Vom Bootsrand mache ich meistens eine Rolle rückwärts. Mit einer Hand halte ich die Maske, mit der anderen Ausrüstungsgegenstände wie Unterwasserlampe oder Fotoapparat.
- Der beste Weg nach unten ist entlang der Ankerleine zum Anker. Die Leine führt mich später auch wieder nach oben.

Gefahr Tiefenrausch

Mir wurde der Tiefenrausch so beschrieben: Der Druck im Kopf wird stärker, der Geschmack im Mund metallisch. Vor allem fühlt man sich sehr leicht und ist überzeugt davon, dass einem nichts geschehen kann.

Die Bilder verschieben sich. Schaust du auf deine Hand, siehst du einmal fünf Finger, dann wieder zehn, dann wieder fünf.

Wenn du alles doppelt siehst, wird es sehr gefährlich. Dann kannst du die Kontrolle verlieren. Es ist schon vorgekommen, dass ein Taucher auf den anderen mit dem Messer losgegangen ist.

Die Bewegungen sind roboterhaft, eckig und das Gesicht zuckt. Opfer des Tiefenrausches wollen nicht auftauchen, sondern immer tiefer hinab. Dabei entwickeln sie übermenschliche Kräfte und rasen davon.

Gerät ein Taucher in den Tiefenrausch, muss er mit aller Kraft nach oben gebracht werden. Je geringer der Druck um ihn herum wird, desto mehr löst sich der Rauschzustand auf.

Taucherzeichen

Hier die wichtigsten Zeichen der Tauchersprache. Es ist heute bereits möglich unter Wasser zu funken. Dazu gibt es spezielle Funkmasken mit Ohrhörer und Mikrofon. Meistens muss man aber auf die Zeichensprache zurückgreifen.

Kommt alle zu mir
Mache meine Reserve auf
Da
Ich habe keine Luft mehr
Ich
Du
Notruf! Hilfe! Ich bin in Gefahr!
Halt! Vorsicht! Achtung!
„… diese Richtung!“
Nein

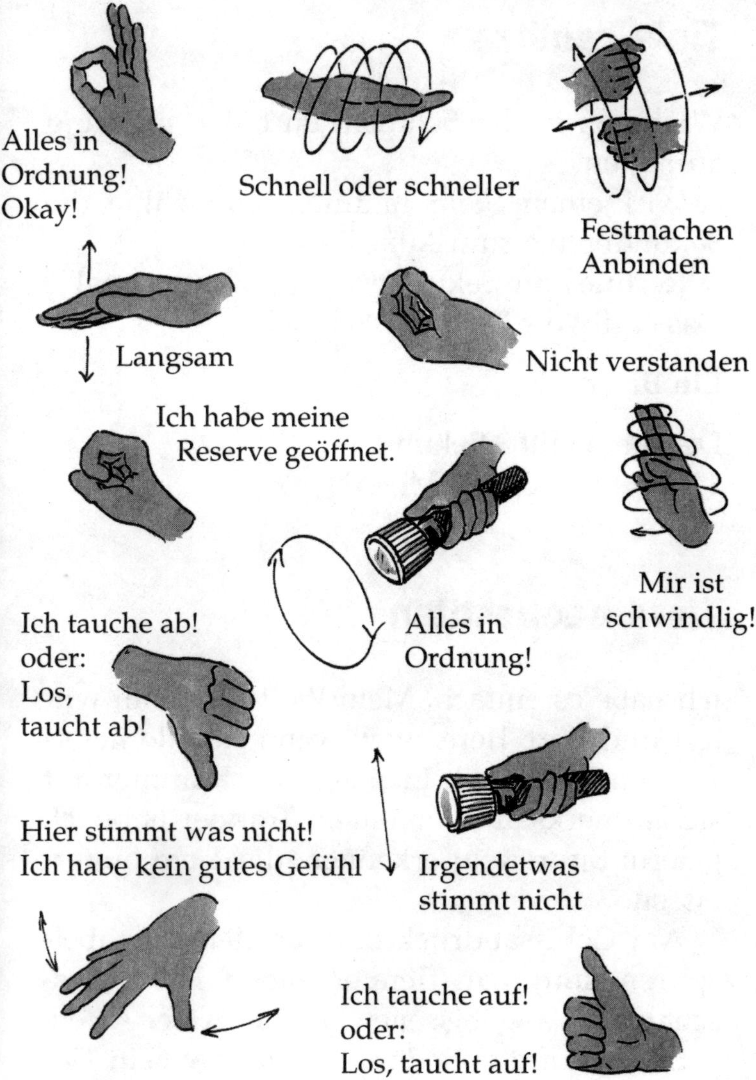
Alles in Ordnung! Okay!
Schnell oder schneller
Festmachen Anbinden
Langsam
Nicht verstanden
Ich habe meine Reserve geöffnet.
Mir ist schwindlig!
Ich tauche ab! oder: Los, taucht ab!
Alles in Ordnung!
Hier stimmt was nicht! Ich habe kein gutes Gefühl
Irgendetwas stimmt nicht
Ich tauche auf! oder: Los, taucht auf!

Tiefe schätzen

Warnung: in der Schlucht darf sich niemand aufhalten.

Wirf einen Stein hinunter und zähle die Sekunden bis zum Aufschlag.

Rechne nun: Sekunden mal Sekunden mal 5. Das ergibt die Tiefe der Schlucht.

Ein Beispiel:

Der Stein fällt 3 Sekunden.
3 x 3 = 9; 9 x 5 = 45 Meter!

Tiere beobachten

Ich habe es einfach. Mein Wolf Phantom wittert und hört Tiere, auch wenn sie kilometerweit entfernt sind. Er macht mich immer auf sie aufmerksam. Von einem Trapper habe ich gelernt Spuren zu erkennen, die Tiere hinterlassen.

Am Gebissabdruck oder an den Schnabelspuren kann man Tiere erkennen. Halte Ausschau nach angebissenen Früchten oder Ästen.

Schau auf den Boden, ob irgendwo ein Tier

gebuddelt hat, um sich zu verstecken oder etwas zu vergraben.

Experten können auch am Kot oder an der Losung erkennen, welches Tier hier war.

Wenn du im Wald Tiere beobachten willst, immer gegen den Wind stehen. So leise wie möglich sein und vor allem nicht bewegen, wenn ein Tier auftaucht.

Tigerotter

Lebt in Australien und jagt vor allem in der Nacht.
Sehr angriffslustig und äußerst giftig.
Allergrößte Vorsicht geboten!

Treibsand

Bekanntschaft mit Treibsand habe ich in Südamerika gemacht. Alles ging sehr schnell. Schon beim ersten Schritt bin ich tief eingesunken. Dabei hat der Boden fest ausgesehen.

Ich habe gestrampelt und versucht aus dem Sand wieder rauszukommen, bin dabei aber nur noch tiefer eingesunken.

Zum Glück habe ich mich dann an etwas erinnert, das der Sir mir einmal gesagt hat: Treibsand ist wie Wasser. Du musst versuchen darauf zu schwimmen.

Ich habe mich nach vorne fallen lassen, bis ich auf dem Bauch auf der Oberfläche lag. Dann habe ich Arme und Beine zur Seite gestreckt und das Gewicht so gut wie möglich verteilt. Mit kleinen Schwimmbewegungen habe ich mich auf den Rand des Loches zu bewegt, wo ich wieder aufstehen konnte.

Vampirfledermaus

In Südamerika habe ich immer wieder gehört, Vampirfledermäuse seien gefährliche Blutsauger. In der Nacht stürzen sie sich auf den schlafenden Menschen und saugen sein ganzes Blut aus.

Das ist natürlich Unsinn. Es stimmt zwar, dass Vampirfledermäuse bei schlafenden Tieren und mitunter auch bei Menschen Blut saugen. Aber sie ritzen die Haut nur ein wenig ein und lecken das Blut auf, das austritt. Gefährlich sind sie nur deshalb, weil sie schwere Infektionskrankheiten wie z. B. Tollwut übertragen.

Verirrt

Stellst du fest, dass du dich verirrt hast, bleib sofort stehen. Atme tief durch und sprich dir Mut zu. Stell dir nicht vor, wie du im Wald einsam und verlassen von Bären und Wölfen gefressen wirst. Stell dir vor, wie du deinen Weg findest.

Hörst du nichts oder bist du allein, mach Folgendes:

Plan 1

Versuche dich zu erinnern, welchen Weg du gekommen bist. Falls dir Anhaltspunkte einfallen, hinterlasse ein Zeichen, wo du jetzt stehst. Gekreuzte Stöcke, eine Figur aus Zapfen oder Steinen.

Gehe den Weg, so weit du dich erinnerst, zurück und markiere dabei alle wichtigen Abzweigungen mit Steinen. Falls du ein Stück Kreide bei dir hast, hinterlasse Zeichen an den Baumstämmen.

Findest du nicht zurück, geh zum Ausgangspunkt zurück, zu der Stelle, von der du gekommen bist. Jetzt halte dich an Plan 2.

Plan 2

Du musst unbedingt herausfinden, wo du dich befindest.

Vielleicht gibt es einen Hochstand in der Nähe. Wenn nicht, versuch auf einen Baum zu klettern. Sehr vorsichtig dabei sein. Kein Risiko eingehen.

Kannst du von oben etwas sehen? Einen Kirchturm, einen Aussichtsturm, ein Gebäude, einen markanten Ort oder vielleicht eine Rauchsäule? Am Abend entdeckst du vielleicht den Lichtschein von Häusern.

Wenn ja, dann merk dir genau die Richtung und gehe darauf zu.

Falls du eine Karte mithast, such den Platz darauf.

Falls du auch von oben nichts sehen kannst, schnuppere in die Luft. Riechst du vielleicht Kuhmist? Oder ein frisch gedüngtes Feld? Oder Autos? Oder Rauch?

Hör dich auch genau um. Hinweise auf Tiere oder Menschen sind Kuhglockengeläute, Autos, Traktoren, Motorräder, Hundegebell, Kirchenglocken (vor allem in der Früh und am Abend).

Emergencytasche

Ich habe vier Sachen immer dabei für den Fall, dass ich mich verirre:

- Einen Kompass
- Einen Plan der Gegend (falls vorhanden)
- Ein Fernglas (klein, aber stark)
- Eine Trillerpfeife, um Notsignale zu geben

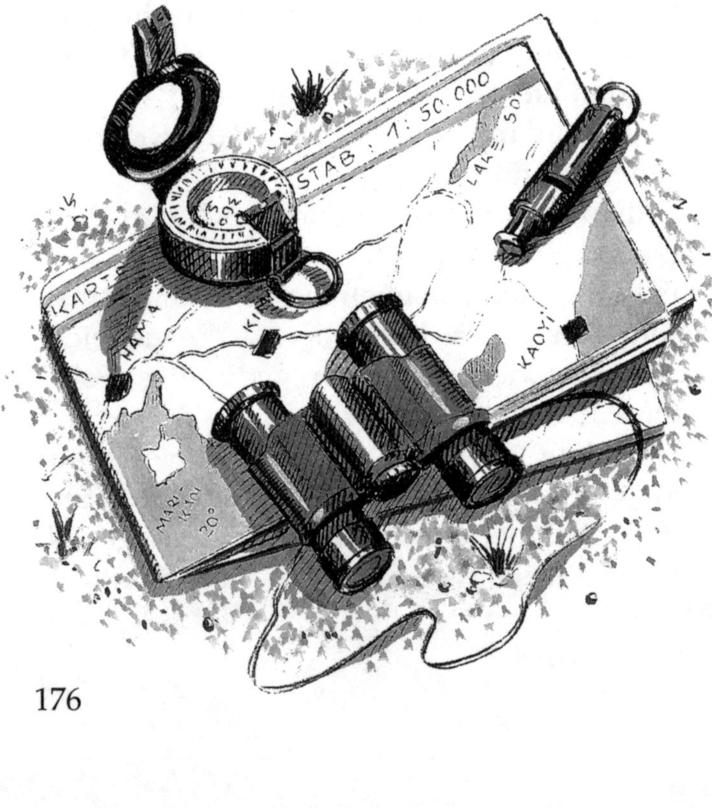

Verschollen im Urwald

Nachdem ich mit der kleinen Maschine im Urwald abgestürzt war, hat mich die Verzweiflung sehr gepackt. Das Funkgerät kaputt, meine Emergencytasche verschwunden. Der Pilot schwer verletzt. Phantom geschockt.

Das Blätterdach über uns hatte sich sofort nach dem Absturz wieder geschlossen. Die Maschine war von der Luft aus nicht zu sehen. Suchflugzeuge würden uns nicht finden. Nicht einmal Rauchzeichen waren möglich. Das Blätterdach hätte den Rauch nur aufgehalten.

Es ist mir doch eine Lösung eingefallen: Ich habe einen Fluss gefunden. Zwei Tage hat es gedauert, bis ich ein Floß fertig hatte. Darauf habe ich ein Feuer entzündet und das Floß dann abgestoßen. Über dem Fluss sind die Baumkronen nicht geschlossen und so konnte der Rauch aufsteigen und er wurde auch gesehen.

Vorsicht bei bestimmten Pflanzen

Pflanzen, die eines oder mehrere dieser Merkmale haben, solltest du nicht essen:

- Alte oder welke Pflanzen. In welkem Laub bildet sich oft Gift.
- Gräser und Blätter mit feinen Härchen. Betrachte sie unter der Lupe. Die Härchen haben Widerhaken. Im Mund, im Hals, im Magen und Darm können sie Verletzungen verursachen.
- In tropischen Gebieten rote Pflanzen. Sehr viele davon sind giftig.
- Pflanzen mit milchigem Saft. Sie sind fast alle giftig.

Wandern, ohne müde zu werden

Na ja, einmal wirst auch du müde. Aber auf jeden Fall wirst du nicht so schnell müde, wenn du diese Tipps beherzigst:

- Langsam und gleichmäßig gehen ist besser als rennen und immer wieder hinsetzen.
- Beim Bergaufgehen leicht nach vorne beugen.
- Beim Bergabgehen, leicht nach hinten beugen und kleine Schritte machen.
- Musst du über eine Schotterhalde oder einen Sandhang, dann am besten schräg im Grätenschritt gehen, wie mit Skiern.

Wettervorhersage

Achte auf folgende Anzeichen:

- Die Schwalben: Fliegen sie hoch, so bleibt oder wird das Wetter gut. Fliegen sie tief, steht eine Wetterveränderung – fast immer zum Schlechteren – bevor.

- Kondensstreifen eines Flugzeuges: Löst er sich schnell auf, bleibt das Wetter gut. Bleibt er bei gutem Wetter lange stehen, dann gibt es bald eine Verschlechterung.
- Abendrot bedeutet: Das Wetter wird am nächsten Tag gut.
- Rauch des Lagerfeuers: Steigt er senkrecht in die Höhe, bleibt das Wetter gut.

– Riechen Blumen und Pflanzen stärker, kommt Regen.

– Springende Fische zeigen an, dass das Wetter schlechter wird.

– Öffnet der Löwenzahn auch bei Tag seine Blüten nicht, bedeutet das meistens schlechtes Wetter.

– Erscheinen die Berge näher als sonst, ist Schlechtwetter zu erwarten.

Windstärken

Bei Wettervorhersagen werden manchmal bevorstehende Windstärken angegeben. Es ist wichtig zu wissen, was sie bedeuten, vor allem in entlegenen Gegenden:

Windstärke 0: Windstille, der Rauch steigt senkrecht auf.

Windstärke 1: Leiser Zug, Rauch zieht leicht zur Seite, Windgeschwindigkeit beträgt ungefähr 1 km/h.

Windstärke 2: Leichter Wind, Blätter rascheln, Windgeschwindigkeit ab 6 km/h.

Windstärke 3: Schwacher Wind, Laub bewegt sich ständig, Windgeschwindigkeit ab 12 km/h.

Windstärke 4: Mäßiger Wind, dünne Äste bewegen sich, Papier wird aufgewirbelt, der Wind ist schneller als 20 Stundenkilometer.

Windstärke 5: Frischer Wind, kleine Laubbäume neigen sich bereits, auf einem See sind die Wellen schaumgekrönt, Wind ist schneller als 30 km/h.

Windstärke 6: Starker Wind, der auch dickere Äste biegt, Schirme sind schwer zu halten, ab 40 km/h.

Windstärke 7: Sehr starker Wind, mittlere Bäume bewegen sich hin und her, Geschwindigkeit ab 50 km/h.

Windstärke 8: Stürmischer Wind, schneller als 60 km/h, Äste brechen ab und Gehen wird schwierig.

Windstärke 9: Sturm, Dächer werden abgedeckt, Gebäude können beschädigt werden, Geschwindigkeit größer als 75 km/h.

Windstärke 10: Schwerer Sturm, Bäume werden entwurzelt und der Sturm bläst mit mehr als 90 Stundenkilometer.

Windstärke 11: Orkanartiger Sturm, schneller als 100 Stundenkilometer, der schwere Zerstörungen anrichtet.

Windstärke 12: Orkan, schwere Verwüstungen, Geschwindigkeiten mehr als 120 km/h.

Geheimauftrag für dich

Horror! Mein Wagen rollte auf einen Abgrund zu. Ich konnte mich nur durch einen mutigen Sprung zur Seite retten. Phantom kam sicher auf den Pfoten auf. Für mich sah die Sache nicht so gut aus.

16. Action-Frage

Was muss ich tun, um mich möglichst wenig zu verletzen?

A Alle Muskeln fest anspannen.

B Kopf mit den Händen schützen.

C Eine Kugel bilden.

Wüste

Bei Wüste denkt jeder an glühende Hitze.

Richtig, tagsüber klettert das Thermometer auch manchmal auf 50 Grad im Schatten.

In der Nacht aber sinkt die Temperatur mitunter bis zum Gefrierpunkt.

Es gibt Sandwüsten mit Sandstürmen und Wanderdünen, die durch den Wind weiterbewegt werden. Doch es gibt auch Steinwüsten mit Geröll und kahlen Felsen.

Wer in der Wüste überleben will, muss dafür ausgerüstet sein.

Aus meinem Wüsten-Tagebuch

12. Mai

Der feine Sand dringt überall ein. Ganz egal, wie gut Behälter verschlossen sind. Ich habe einen kleinen Koffer mit breitem Klebeband zugeklebt. Als ich ihn nach drei Tagen öffnete, war darin alles voller Sand.

13. Mai
Der Ritt auf dem Kamel ist anstrengend und schmerzhaft. Ich spüre jeden Muskel und jeden Knochen. Wenn ich absteige, schwankt der Boden unter meinen Füßen.

14. Mai
Ich habe Blasen an den Zehen und deshalb die Schuhe ausgezogen. Ich Idiot bin bloßfüßig in den Sand getreten. Jetzt habe ich auch noch Brandblasen. Der Sand hat mindestens 50 Grad!

15. Mai
Habe mir einen Turban gewickelt. Alem, unser Karawanenführer, hat mir gezeigt, wie es gemacht wird. Der Stoffstreifen ist ungefähr fünf Meter lang. Nur für die Augen habe ich einen Schlitz frei gelassen. Ohne Turban würde mein Hirn wahrscheinlich kochen, denn die Lufttemperatur beträgt auch 50 Grad!
Die Nächte sind kalt. Vor allem weht meistens ein eisiger Wind. Wir legen

uns hinter die ruhenden Kamele. Sie bieten ein wenig Schutz.
Vollmond in der Wüste ist etwas Märchenhaftes. Der Sand glitzert wie Millionen von Spiegeln.

16. Mai
Unsere Wasserflaschen wurden gestohlen. Alem hat als Ersatz Schläuche aus Ziegenleder besorgt. Das Trinkwasser ist jetzt braun und schmeckt nach Leder. Igitt!
Gegen Nachmittag wurde der Himmel plötzlich grau. Innerhalb von Minuten war ein Sandsturm da.
Mir wurde ziemlich schlecht. Außerdem habe ich starke Kopfschmerzen bekommen. Das liegt an der elektrischen Spannung in der Luft, die durch die Reibung der Sandkörner entsteht.
Alem hat mir ein Stück Draht in die Hand gedrückt, an dem ein Schraubenschlüssel befestigt ist. Diese Vorrichtung soll die Spannung aus dem Körper ableiten. Ich glaube, es hat genützt.

Licht und Hitze

Die **Sonnenbrille** muss einen hohen Lichtschutzfaktor haben. Schicke Brillen lassen oft rundherum zu viele UV-Strahlen eindringen. Deshalb sind Brillen, die auch seitlich und oben Schutz bieten, empfehlenswert. Zur Not hilft ein Stück Film (siehe S. 206).

Der beste **Sonnenhut** ist ein Wüstenhut. Er hat vorne einen Schirm und hinten ein Tuch, das den Nacken schützt. So eine Kappe kannst du dir selbst machen: Leg ein Baumwolltuch auf deinen Hinterkopf, sodass es über den Nacken hängt. Dann setzt du eine Baseballkappe darüber auf.

Sonnencreme: Nimm eine mit hohem Lichtschutzfaktor, am besten so genannte Sunblocker.

Klamotten: Sie sollen nur aus Baumwolle sein und ganz locker. Wichtig sind lange Hosenbeine und lange Ärmel.

Das Material sollte luftig, aber trotzdem fest sein. Damit du auch gegen Wind, Sand und Sonne geschützt bist.

Die **Schuhe** brauchen eine dicke Sohle und festes Obermaterial, das aber luftdurchlässig sein muss.

Ich gehe in die Wüste niemals ohne **Gürtel**. Das Hemd stecke ich mir immer in die Hose, um den Sand ein bisschen draußen zu halten. Der Gürtel „dichtet" weiter ab. Aber auch in Notfällen ist er sehr nützlich. Nach einem Schlangenbiss kann damit ein Arm oder ein Bein abgebunden werden. Außerdem kannst du am Gürtel kleine Taschen befestigen.

Auch in der Wüste brauchst du eine **Jacke**.

Wüste

Wichtig: sie muss windundurchlässig sein. Dornen dürfen ihr nichts anhaben. Sie muss dich nicht nur gegen Wind, sondern vor allem gegen die nächtliche Kälte schützen.

Das Allerwichtigste aber ist eine **Wasserflasche**. Ich habe meine am Gürtel befestigt.

Durst

Wasser ist für jedes Wüstenabenteuer unerlässlich. Ohne Wasser und ohne Kleidung überlebst du nicht einmal einen Tag in der Wüste.

Bereits am Vormittag schwitzt du als Schutz gegen die Hitze drei bis fünf Liter aus.

Am späten Nachmittag hast du schon sieben Liter verloren. Das Blut wird dann dickflüssig.

Die extremen Bedingungen der Wüste machen es manchmal notwendig, bis zu sechs Liter Wasser am Tag zu trinken.

Wasser

Mit folgendem Test kannst du herausfinden, ob du zu viel Flüssigkeit verloren hast: Zieh die Haut am Handrücken mit den Fingern in die Höhe. Bildet sich eine Falte, die bleibt, dann brauchst du dringend viel Flüssigkeit!

Wo bekommst du Wasser her? Nicht nur in der Wüste, sondern überhaupt?

Tau auffangen

Tau bildet sich dann, wenn der Temperaturunterschied zwischen Tag und Nacht groß ist.

Breite ein großes Stück Plastikfolie, eine Aludecke oder auch eine Kunststoffjacke aus. Du musst die „Auffangbehälter" so legen, dass sie eine Mulde bilden, in der der Tau zusammenrinnt. Nicht zu lange mit dem Trinken warten, sonst verdunstet das Wasser wieder.

Wasser aus dem Boden

Du kannst diese Anlage in einer Wiese ausprobieren. Um die Feuchtigkeit der Erde und des Bodens zu nutzen, bau dir folgende Anlage:

- Grabe einen Trichter in den Boden.
- Stelle ein Glas auf den Boden.

- Lege eine Plastikfolie über die Öffnung und beschwere die Ränder mit Steinen. Die Plastikfolie muss in den Trichter hängen, darf die Wände aber nicht berühren. Lege einen Stein in die Mitte, genau über die Öffnung des Glases.

Diese Wasser-Gewinnungs-Anlage muss unbedingt an einer sonnigen Stelle sein.

Nach einigen Stunden wird sich Wasser im Glas befinden. Es ist aus der Erde aufgestiegen, hat am Plastik kondensiert und ist ins Glas geronnen.

Natürlich wird das Loch austrocknen, dann musst du woanders „melken“.

Trinkwasser aus schmutzigem Wasser

Mit der Grube und der Folie kannst du verschmutztes Wasser reinigen. Stelle Behälter mit dem Schmutzwasser hinein. Die Folie muss das verdunstete Wasser wieder auffangen können und in das Glas leiten.

Das gewonnene Trinkwasser schmeckt sehr fade, weil es keine Mineralstoffe mehr enthält. Zur Sicherheit abkochen.

Wasser aus Pflanzen

Stülpe Plastiksäcke über Zweige und binde sie gut ab. Es wird sich Wasser darin bilden. Wasser, das der Baum aus dem Boden hochgepumpt hat.

Findest du einige Pflanzen auf dem Boden, leg sie in einen Plastiksack und blase ihn auf. Gut verschließen und in die Sonne legen. Am Plastik wird sich Wasserdampf niederschlagen. Es ist zwar nur eine kleine Menge Wasser, aber besser als gar nichts.

Trinkwasser in Pflanzen

Diese Pflanzen sammeln in ihren Blüten oder in Hohlräumen zwischen Stamm und Blättern Wasser.

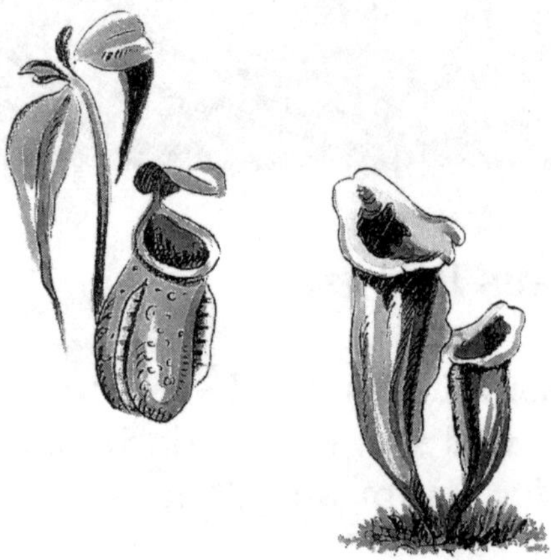

Dort, wo die Blattstängel aus dem Stamm kommen, sammelt sich Wasser. In manchen Pflanzen bis zu 2 Liter.

Wasser aus Kakteen

Vorsicht: Es gibt sehr gefährliche Kakteen. Vor allem der Armkaktus ist besonders giftig.

Man darf sich einem Kaktus nur sehr vorsichtig nähern. Gefährlich sind nämlich auch die dünnen Stacheln. Sie bohren sich tief in die Haut und verursachen schmerzhafte Entzündungen.

Wüstenabenteurer schneiden manchmal Stücke aus dem Kugelkaktus und saugen sie aus.

Tiere, die zu Wasserstellen führen

Kühe, Schafe, aber auch Rehe und anderes Wild sind normalerweise nie weit von einer Wasserstelle entfernt, weil sie morgens und abends trinken müssen.

Tauben und Finken, müssen auch morgens und abends trinken. Wenn sie zum Wasser fliegen, so geschieht das meist im Sturzflug. Kommen sie von der Wasserstelle, so fliegen sie von Ast zu Ast um sich auszuruhen.

Fliegen halten sich meistens 90 Meter von einer Wasserstelle entfernt auf.

Ameisen brauchen Wasser. Verfolge ihre Straßen. Oft führen sie zu Wasservorräten, die sich in Baumgabeln gebildet haben.

Auch Bienen sind auf Wasser angewiesen. Sie entfernen sich meistens nicht mehr als 6 Kilometer von ihrem Stock. In diesem Umkreis muss es also Wasser geben.

Endlich Wasser gefunden! Doch bevor du trinkst, solltest du es testen:

- Riecht oder schmeckt es schlecht?
- Liegt ein totes Tier irgendwo am Ufer?
- Erkennst du einen öligen oder milchigen Film an der Oberfläche?
- Ist das Wasser salzhaltig?
- Wächst an der Wasserstelle nichts?

Trifft einer dieser Punkte zu, dann darfst du das Wasser nicht trinken.

Das beste Trinkwasser in der Wildnis ist Regenwasser

Um es aufzufangen, sei erfinderisch:

Lege ein großes Stück Plastikfolie auf und gib einen Stein in die Mitte, damit das Wasser dort zusammenrinnt.

Profis stellen vier Stöcke auf, an denen sie die Ecken der Folie befestigen. So entsteht ein Riesentrichter.

Falls keine Folie vorhanden ist, fang das Wasser in einem Hut auf, oder in Schaftstiefeln (nicht gerade appetitlich, wenn sonst Schweißfüße drin stecken). Du kannst auch gut saugende Kleidungsstücke auflegen und später auswinden.

In meiner Emergencytasche

Für Abenteuer in heißen Gegenden nehme ich extra mit:

- Einen Topf und einen kleinen Kocher, um gefundenes Wasser abzukochen. Nur so können gefährliche Keime abgetötet werden.
- Tabletten, mit denen man Wasser reinigen kann. Gibt es im Fachhandel für Touren.

– Aus einem Stück Kamerafilm kannst du eine Ersatzsonnenbrille herstellen. Forme einen Ring, den du so aufsetzt, dass er vor die Augen rutscht. Ohne Sonnenbrille kann das grelle Licht sehr schädlich sein.

Einmal bin ich mitten in der Wüste stecken geblieben. Kein Mensch weit und breit! Horror!

Zum Glück haben Jeeps vorne unter der Stoßstange eine Seilwinde. Man befestigt das Seil an einem Baum und schon zieht sich der Wagen allein aus dem Loch.

Leider gab es weit und breit auch keinen Baum. Deshalb habe ich folgenden Trick angewandt: Ich habe das Reserverad am Seil befestigt und so tief wie möglich eingegraben. Es hat jetzt wie ein Anker gewirkt und ich konnte mich selbst aus dem Sand ziehen.

Zahncreme in der Wildnis

Ein Tipp, den ich von einem absoluten Wanderprofi bekommen habe: Zahncreme aus frischen Erdbeeren. Man zerdrückt ganz einfach die Erdbeeren an den Zähnen und reibt dann fest mit den Fingern. Die Körnchen haben eine reinigende Wirkung.

Übrigens: die Blätter der Rosskastanie in Wasser zerquetscht sind als Seife geeignet.

Zelterlebnisse

1. Ein Zelt in der Dunkelheit aufstellen ist ein Alptraum. Ich bin einmal auf vier Kuhfladen aufgewacht. Mann, habe ich gestunken!

2. Ein Zelt in einer Mulde wird bei Regen zum Schwimmbad.

3. Ist der Boden feucht, wird es ganz schön kühl von unten.

4. Unter Bäumen kann es bei Sturm ungemütlich werden. Trockene Äste fallen herab und veranstalten einen Trommelwirbel auf dem Zeltdach.

5. Meine Vorräte wurden einmal von zwei Waschbären und Eichhörnchen komplett aufgefressen. Seither habe ich immer Vorratsbeutel, die ich an Ästen aufhänge.

6. Habe einmal auf einer Wiese gecampt, die einem Bauern gehört hat. Als er uns entdeckte, gab es Krach, weil wir vorher nicht um Erlaubnis gefragt haben.

7. Einmal lag unser Campingklo (Grube im Boden) so, dass der Wind zum Zelt wehte. Dass war nicht gerade angenehm.

8. Ist der Boden sehr holprig, kann man beim Schlafen blaue Flecken bekommen.

9. Das Lagerfeuer darf nie zu nahe am Zelt sein. Fliegende Funken können das Dach in Brand setzen.

10. Nie eine Kerze im Zelt anzünden. Sonst ist das Dach voll Ruß und die Luft stickig.

11. Als ich einmal bei Sturm die Zeltverspannung nicht kontrollierte, bin ich plötzlich im Freien gesessen.

12. Ein guter Schutz gegen Insekten, die sich über dein Essen hermachen wollen: In einen Nylonstrumpf einen Knoten machen. Den ganzen Teller mit dem Essen flach hineinstellen und oben zubinden. Am besten so in einem Baum aufhängen.

13. Wertvolle Sachen verstecke ich in meinem Schlafsack bei den Füßen.

14. Essbare Sachen in einem kleinen Zelt lassen dich oft Bekanntschaft mit Ameisen schließen.

15. Meine Taschenlampe habe ich immer neben dem Kopf liegen. Höre ich verdächtige Geräusche, so habe ich sie sofort zur Hand. Habe einmal lange gesucht, als ich ein Kratzen vor dem Zelt hörte. Ich muss gestehen, ich hatte Angst. Dabei war es nur Phantom, der kurz mal draußen war.

16. Lach nicht, aber eine Schlafmütze in einer kalten Nacht hält wunderbar warm. Schlafsack bis zum Kinn hochziehen und Mütze oder Kappe aufsetzen.

17. Es ist Ehrensache, jeden Zeltplatz sauber zu verlassen. Feuerstelle gut löschen und abdecken. Toilette zugraben. Allen Mist mitnehmen.

18. Bevor du weiterwanderst, vergewissere dich, dass du alles mitgenommen hast.

Ich habe einmal mein Kochgeschirr vergessen und bin erst nach ein paar Kilometern draufgekommen. Dann hieß es umkehren und zurückgehen. Uff!

Zitteraal

Ähnlich wie der Zitterrochen kann auch der Zitteraal elektrische Schläge abgeben. Er lebt vor allem in Flüssen und seine Stromschläge können einen Menschen umwerfen.

Zitterrochen

Sie haben kein Gift und keine gefährlichen Stacheln. Sie lähmen ihre Beute mit elektrischen Schlägen, die sie durch die Reibung ihrer Muskeln erzeugen können. Diese Schläge sollen so stark sein, dass sie einen Menschen schocken und kurzzeitig sogar lähmen können.

super

Mega stark!
Topagent!

Pow

Auftrag nicht
erfüllt!

Alarmstufe: Rot

okay

+
Start
–

er-
Card

Vorsicht!

Register

ECHTER NAME: Thomas Brezina

DECKNAME: Brezl (so dürfen ihn aber nur Freunde nennen)

GRÖSSE: 1,76 m

GEWICHT: 64 kg

HAARFARBE: dunkelbraun

AUGENFARBE: braun

BESONDERE KENNZEICHEN: Schnauzbart, schreibt ständig an neuen Büchern, immer auf der Suche nach Abenteuern, trägt jeden Tag eine andere Uhr.

EIGENSCHAFTEN: ausdauernd, hartnäckig, denkt oft an mehrere Sachen gleichzeitig.

SCHWACHPUNKTE: manchmal ziemlich unordentlich, wirkt wie ein Schlafwandler, wenn er sich Storys ausdenkt.

EINSATZGEBIET: Autor, Fernsehpräsentator, Botschafter für UNICEF Österreich, Schreibtischabenteurer.

Die Deutsche Bibliothek – CIP-Einheitsaufnahme

Brezina, Thomas:
Geheimauftrag für dich, Mark Mega und Phantom :
Abenteuerhandbuch / Thomas Brezina. – München : F. Schneider,
1997
ISBN 3-505-10724-7

Dieses Buch wurde auf chlorfreies,
umweltfreundlich hergestelltes
Papier gedruckt. Es entspricht den
neuen Rechtschreibregeln.

Der Schneider Verlag im Internet:
http://www.schneiderbuch.de
Mark Mega im Internet: www.thomasbrezina.com

Titelbild: Bernhard Förth unter Verwendung einer Illustration von
Ferenc B. Regös
Illustrationen: Werner Heymann, Ulrich Reindl (Sachillustrationen)
Umschlaggestaltung: ART-DESIGN Wolfrath, München
Lektorat: Renate Navé
Herstellung: Gabi König
Satz: Hans Buchwieser, Satz- und Druck-Service GmbH, Kirchheim
Druck: Presse-Druck, Augsburg
Bindung: Conzella Urban Meister, München-Dornach
ISBN 3-505-10724-7

Geheimauftrag für dich, Mark Mega und Phantom

Folgende Bände sind erschienen:

1 Verschollen im Dämonendreieck

2 Das Tal der heulenden Höhlen

3 Monster in der Tiefe

4 Gefangen im Horrorland

5 Rallye durch die Todeswüste

6 Hochhaus des Schreckens

Geheimauftrag für dich,

Mark Mega und Phantom

7 Die Vulkan-Verschwörung

8 Die Festung des Doktor E. X.

9 Verrat bei der Formel 1

10 Schreie im Schneesturm

11 Entführt von einem UFO

12 Am Fluss der Krokodile

Weitere Abenteuer folgen.